這一代的武林

《貳 街霸秘笈》

張小花——著

【目錄 Contents】

·第一章·

你能把我怎麼樣

王小軍道：「聽說你的口頭禪是『我就仗著人多，你能把我怎麼樣』？」

小鬍子仰天哈哈一笑道：「答對啦，我不妨再給你示範一次——我就是仗著人多，你能把我怎麼樣？」

「嗯，我是說的沒你賤。」王小軍誠懇道。

這會兒不到晚上十點鐘，段青青給王小軍的地址顯示目的地就在古玩一條街後面的巷子裡，從醫院走過去，一路都是路燈恍惚的小道。

王小軍和胡泰來在頭前領路，後面跟著三個女生，一行人裡除了王小軍和唐思思，胡泰來跟他的兩個徒弟都是鼻青臉腫渾身掛彩，倒也別有一番殺氣騰騰的氣勢。

霹靂姐在暗處把身上的破衣服脫下來，擦了擦嘴角的血後扔在牆角，然後看了一眼段青青給她衣服上的標籤，興高采烈道：「哇，青姐真有錢，隨便一件衣服都是名牌的。」

胡泰來忽然沉聲道：「霹靂、珍珍，你們過來。」

「怎麼了，師父？」

胡泰來平時雖然不苟言笑，也很少如此鄭重地說話。兩人走到和胡泰來並排的位置，不免有些惴惴。

胡泰來道：「這件事以後，你們還願意跟著我學功夫嗎？」

霹靂姐拍著胸口道：「我以為多大事兒呢——師父你這說的是什麼話，我們當然願意了，雖然這次挨了打，可錯又不在你，其實就算錯在你，我們也願意，師父要是想成為那種一統江湖的大反派，我們就是那種身穿黑皮衣不講感情的女殺手，哈哈哈哈。」

胡泰來無語道：「別嬉皮笑臉的！」

王小軍擠眉弄眼道：「嚴肅點，你師父要講大道理了。」

胡泰來一笑道：「我不講大道理，挨了打上門找人報仇這種事，你師父還是破天荒頭一回幹，這不是咱們小氣，是對方幹了不該幹的事，咱要讓他們給陳靜一個交代，自己也給陳靜一個交代，就算又被人打出來，明天咱們躺在陳靜身邊也是個說法，你們以後可不要把今天的特例當成師訓。」

「哦。」霹靂姐訕訕地點點頭，聽話裡意思知道穿黑皮衣的女殺手是當不成了。

藍毛低著頭道：「師父，今天我對不起你，對方那麼多人一衝進來我就慫了，連手都沒敢還。」

霹靂姐怒目橫眉道：「你還有臉說，我真沒想到你連陳靜都不如——」轉臉又道：「好在你最後還是衝上去了，要不然我非跟你翻臉不可！」

胡泰來毫不介懷道：「第一次跟人動手難免心虛，那種情況下，就算你師父像你這麼大的時候也得掂量掂量，你別往心裡去，你當時跑了我也不會怪你，我可不想你們變成好勇鬥狠之輩。」

唐思思聽了不禁說道：「說得好像咱們不是要去報仇，而是要給他們送錦旗一樣。」

王小軍冷不丁停下腳步道：「等一會兒吧，咱們得先計畫計畫！」

唐思思道：「計畫什麼？」

王小軍道：「這次雖然多了我這個猛將，可聽說對方有二十多號人，搞不好還有更多，我看最大的可能咱們還得栽，你們可是都想好了！」

唐思思道：「知道栽你還去？」

王小軍托著胡泰來的胳膊道：「哥們讓人打成這樣，我要不去還是人嗎？」

唐思思道：「我們不是人啊？」

王小軍沉聲道：「我讓你們考慮好後果，一會兒要真打不過，總得有個備案吧？」

霹靂姐道：「師叔的備案是什麼？」

「你們女的先跑，我和老胡斷後！」

霹靂姐：「……」

胡泰來一笑道：「我們黑虎拳講究腿不過襠，腳下的功夫我們不會，反正我是跑不動。」

王小軍道：「跑不動就被人揍一頓，打架不就是這樣嘛？」

他一邊說，一邊把兩隻手在胸前各種比劃，霹靂姐好奇道：「師叔你幹什麼呢？」

「我這功夫好幾天沒練了，複習複習。」

眾人：「……」

藍毛道：「我看這次我們還是先做好挨打的準備，不過我肯定不跑！」

胡泰來樂道：「該跑還是得跑，真要去醫院陪陳靜，有師父一個人就夠了，起碼還得有個端茶送水的吧。」

「行了行了，淨說喪氣話，咦，到了！」王小軍伸手一指，原來他們已經不知不覺到了地址上的巷子口。

巷子很深也很窄，只能容一個人推著自行車通過的樣子，這會兒巷子口一邊一個靠牆立著倆神情慵懶的漢子，見有人來，其中一個懶懶道：「是鐵掌幫的王小軍嗎？」

「是我。」

另一個漢子微微扭臉衝巷子裡喊了一聲：「兄弟們，正主來了。」

巷子裡頓時響起一片戲謔的回應聲，接著是雜亂的腳步聲。

先前那漢子斜眼看著王小軍，拉著不耐的調子道：「你好大的口氣啊，還讓我們召集人馬，現在人馬召集全了，你們就這幾個嗎？」

「嗯，就這幾個。」那漢子又拿腔拿調道：「那我也給你們半個小時的時間叫人，這次別說我們人多欺負人少。」

王小軍咬著指頭看著大，霹靂姐小聲道：「師叔，你想什麼呢？」

「想一句能把他頂回去的話……」

藍毛叉著腰道：「打你們這些小雜碎，我師叔一個人就夠了！」隨即小聲道：「這句行嗎？」

「普通！但湊合用吧。」王小軍身子冷不防衝向前，揚聲道：「我可要打你了啊！」

一直和王小軍搭話的漢子把後背離開牆壁拉個架勢，打個哈哈道：「我倒要看看……」

「啪！」他後面的話沒說完，已經被王小軍一掌重新拍回牆裡，然後身子彎曲地順牆倒在了地上。

王小軍用手指頭指指腳邊那人的頭頂，總結道：「此人死於話多。」

巷口另一個漢子見狀嚇了一跳，蹦起來擺了個防守勢，王小軍隨手一掌把他也拍在牆上，大步流星走進了巷子裡。

「師叔等等我們。」——

霹靂姐和藍毛還以為第一關要經過怎樣的混戰呢，沒料到對方立時喪失兩名，一出神的工夫，王小軍已經跑沒影了，倆人急忙跟上，胡泰來和唐思思反而落了後。

這時小巷子裡擠滿了虎鶴蛇形拳的人，他們聽到召喚，出來看熱鬧，很多人把王小軍他們這次的挑戰看做是一次自殺性的名聲保衛戰，所以抱著很輕鬆的心態在等著看戲。

黑暗中巷子裡傳出啪啪幾聲，是前面的人被王小軍拍在牆上的聲音，可後面的還不知道正主已經殺進來了，還笑嘻嘻地讓大家別擠，等看到好多影子順牆滑到地上，這才大聲呼警，一時間人人驚覺，交叉錯落著在黑暗中拉開架勢，防備敵襲。

王小軍卻不管三七二十一，反正知道裡面沒有自己人，舉著雙掌踅摸向前，遇到會動的就是一掌，虎鶴蛇形拳講究的是門戶嚴謹，蛇形刁手更是夜戰中的利器，聽風攀纏絕不給敵人有可趁之機，可惜他們遇到王小軍，就像靈巧的蒼蠅遇到了蒼蠅拍——你纏上我的左手，我就右手給你一掌，你攀我右手，我左手給你一下。

他的雙掌堅硬似鐵沒有知覺，正像是胳膊上套了兩個鐵坨子一樣，自然也不怕蛇來咬或者爬。

在這種小巷子裡打架還有個好處，那就是你只要把人拍出去，自然有牆壁接著，無論是腦袋還是身體撞在上面都會瞬間失去戰鬥力。

一時間就聽巷子裡「砰」「啪」「哎喲」之聲不絕於耳，王小軍絲毫沒有停留地順著敵人跑出來的方向找到了他們的老窩。當他堵在門口往院子裡一看，不禁吃驚道：「我操！」

在一個寬敞的大院裡，少說有三十來條勁裝漢子拉開架勢嚴陣以待，中間為首的正是小鬍子和大武。

當胡泰來和唐思思他們七腳八腳地避開巷子裡昏迷的人來到門口時，也被嚇了一跳，這裡聚集起來的人可遠比兩次去鬧事的人都多。

藍毛小聲嘀咕道：「看來咱們今天真的要栽啦！」

「少說廢話行不行？大不了跟他們拼命！」霹靂姐咬牙道：「師叔，我們該做什麼，你說吧！」

王小軍把雙掌摩擦著，嘿嘿一笑道：「別的不用做，給師叔加油！」

胡泰來聽王小軍這麼說，愣然道：「這次是來給我徒弟報仇的，你讓我作壁上觀不合適吧？」

「殘疾人少說話，本來就是讓你養眼的。」王小軍道。

院子裡滿滿都是怒目橫眉的人，王小軍他們小心翼翼地挪進來，貼著牆站成一排，王小軍上前一步剛要說話，對面忽然有一人直眉愣瞪地揮著拳頭衝過來，王小軍揮掌將他打飛，道：「我還以為多厲害呢就來搶風頭——」被打飛那人落地以後，從耳朵裡掉出了一副耳機。

王小軍白了地上的耳機哥一眼，在對面掃了一圈，一指小鬍子道，「白天就是你帶人到鐵掌幫鬧事的吧？」

小鬍子囂張地說：「就是我。」

打上門這幾個人的底細他大多清楚，胡泰來右拳不能用，就相當於只剩了三四成戰鬥力，那倆女徒弟可以忽略不計，讓他真正戒備的反而是唐思思，他在唐缺手下吃足了苦頭，也看出唐思思和唐缺之間必有很深的淵源，小鬍子的法寶就是人海戰術，他自忖只要唐缺不像上次一樣趁自己落單下手，這麼多人對付他也足夠了，至於王小軍他根本沒往心裡去。

王小軍哼了聲道：「聽說你的口頭禪是『我就仗著人多，你能把我怎麼樣』？」

小鬍子仰天哈哈一笑道：「答對啦，我不妨再給你示範一次——我就是仗著人多，你能把我怎麼樣？」

「嗯，我是說的沒你賤。」王小軍誠懇道。

小鬍子獰笑道：「我們人還是這麼多，你們幾個是來賠禮道歉的嗎？這樣，只要你給我們每個人磕三個頭，我就答應你既往不咎。」

「齷齪！」王小軍豪氣沖天道，「既然你仗的是人多，那我就跟你單打獨鬥！」

「噗——」

對面一片狂噴聲。

小鬍子嘿然道：「比賤我輸了，但是我們還是要群毆你一個！」

「明白，我就是活絡一下氣氛。」王小軍抱歉地道，「最後提個要求。」

「你說！」小鬍子神情冷淡下來。

「你們能排成一字長蛇陣跟我打嗎？」

「給我打！」小鬍子終於耐不住暴喝一聲。

最前面的三個人一起撲向了王小軍，三個人一般的個頭，一般的年紀，入門也是差不多的時間，這會兒用的拳法也全是一樣，三個碩大的拳頭從三個方向齊刷刷砸過來，王小軍下意識地想後退。

這是人的本能反應，在以寡敵眾的時候會有心理上的波動，哪怕是小學生打架，一個三年級的孩子面對三個二年級的孩子一樣會心生懼意。

這時王小軍忽然發現自己想往後邁的那條腿有點邁不動，不是腿軟，而是手掌不甘心，對面三條大漢可謂氣勢壓人，可在他眼裡，對方的拳頭卻顯得軟綿綿的，他要往後退固然能躲開，可他心裡有個想法卻不停冒出來：迎上去！

王小軍最終沒能抵制住這個念頭的誘惑，他右掌抬起，拍到中間那人的胸口，左掌跟著擊中左邊那人的肋下，這時右邊那人的拳頭也才剛到他的鼻尖前，王小軍返回來的右掌順勢一抬，「啪」的一聲把對方的胳膊打脫臼了。

王小軍次序分明地打出三掌，對面的三個人卻幾乎是同一時間倒了下去！那是因為他出手太快！

小鬍子見狀大驚，喝道：「一起上啊，別給他喘息的機會！」

六七條漢子一起躍了上來，王小軍沉住氣觀察著，他驚喜地發現對方雖然人多，但是無論力道還是速度都跟剛才那三個差不多，王小軍漸漸有了底氣，他腳下一陣疾走，雙掌像惡作劇一樣胡亂拍出，就聽劈裡啪啦一陣響，這六七個漢子像被飛轉的竹蜻蜓一樣，彈得到處都是。

王小軍三天打了二十七萬掌，如今他的手臂和手掌如鋼似鐵堅韌無比，像裝了根無形又強大的機簧，達到黃金狀態，出掌的速度成為一種本能，普通人在他眼裡當然就像蝸牛一樣。

小鬍子本來站在最前面，這會兒開始神不知鬼不覺地向隊伍後面出溜。

「你別跑！」

王小軍用奮不顧身飛撲小偷的身姿衝了上來，只見他衝進人群，這邊拍倒一個，身子一扭又拍倒那邊一個，隨著砰啪的響聲，不斷有人被拍倒。

「忘了告訴你一句話，不是你們三十個群毆我一個，而是我一個群毆你們三十個！」

藍毛看得又激動又亢奮，忍不住拍手道：「師叔加油！」

霹靂姐瞪了她一眼道：「你真的只會加油啊？」

「那還該幹什麼？」

霹靂姐伸出一根拇指道：「師叔，我為你按讚！」

「呼啦」一下，對方的陣地集體退到了臺階上，王小軍往前一撲撲了個空，他舉著手掌茫然四顧道：「誒，怎麼都跑了？」

王小軍打倒自己這邊十一個人只用了十一掌！這樣的功夫小鬍子不但見所未見，而且聞所未聞，小鬍子的心頭第一次升起一種徹骨的寒意。

剩下的虎鶴蛇形門弟子相顧駭然。要再讓自己和王小軍去單打獨鬥，那是死也不肯了！眾人的目光不自覺地都落在了大武身上。

大武無疑是這幫人裡功夫最高的，他見場面無法收拾，乾脆上前一步，隔著王小軍衝胡泰來抱了抱拳道：「胡兄，上次一戰我輸了一招，趁這個機會，咱們打個第二回合怎麼樣？」

胡泰來從陰影裡走出來道：「好啊。」

霹靂姐怒道：「師父，別跟他打——對面那個！你可真不要臉，沒見我師父受傷了嗎？」

大武道：「既然這樣，我也讓你一隻右手，不過胡兄，咱們這一次還得掛點彩頭，若你輸了，請你帶著你的人離開，白天的事我們查清楚誰是誰非之後，肯定會給你一個公道。」

「公道你個頭！」王小軍道：「今天我們是來砸場子報仇，不是比武，公道我們自己會找，不用你給！」

大武臉色一紅不知該說什麼了，白天的事他只是一知半解，問起此事，同門也都語焉不詳，小鬍子的品性他是瞭解的，此刻他只求先把事情壓下來，畢竟事關門派榮譽，他不向王小軍挑戰，是因為按武林規矩，助拳就是助拳，不能喧賓奪主，他哪知道王小軍壓根就不理這一套，或者說，他根本就不懂。

小鬍子卻十分老辣，冷笑道：「這麼說來，黑虎門的事，你們鐵掌幫是非要橫來插一腳嗎？」

王小軍眼睛望天，藍毛無語道：「師叔又想不起詞兒來了……」

王小軍也發現自己現在的口才比起以前有了很大的退步，索性道：

「就是！」

眾人絕倒。

小鬍子錯愕道：「你們鐵掌幫仗著功夫好，就想橫行霸道嗎？」

王小軍乾脆攤手道：「對呀，你能把我怎麼樣？」

大武見再下去也是無果，抱拳道：「那麼就由我來領教王兄弟的高招！」

「廢話，早該動手了！」王小軍又衝了過去。

霹靂姐滿臉崇拜道：「師叔真霸氣！」

胡泰來淡淡一笑道：「這就是鐵掌幫的氣質。」他又想起了師父評價鐵掌幫的那句話……

院子中央，兩個人戰在一處，大武有了前車之鑒，知道王小軍掌力剛猛不能硬抗，他充分利用鶴形拳裡的躍閃騰挪，想利用步伐的靈敏把對方的破綻「拖」出來。

但每當他想從王小軍身旁掠過時，對方的手掌就像會憑空暴長似的攔住他的去路，在他眼裡，這三十招鐵掌精妙更勝剛猛，居然用自身的掌法彌補了步伐的不足，大武越打越覺氣息窒澀，到了第十三掌時，他再無退路，只得用盡全力單拳擊出，拳掌相交，大武的身子被直直地撞出去，像保齡球一樣撞倒了三四個同門，幾個人一時都爬不起來了。

「打別人都是一掌，打你居然用了十三掌，你好強啊！」王小軍認真地感慨道。

小鬍子這時終於炸了毛，他迴光返照一樣蹦著高叫道：「兄弟們，咱們再不拼命，就只有死路一條，一起上啊！」

眾人明白確實再無退路，一群人發瘋一樣撲了上來，王小軍對敵經驗基本還是零，一時給弄了個手忙腳亂。

唐思思沉氣凝神，眼睛一瞬不瞬地盯著場上，然後緩緩拉開了斜掛在腰上的包包，一揮手，混戰的人群中頓時發出一陣鬼哭狼嚎。

原來唐思思的包裡裝滿了那種厚玻璃的小藥瓶，扔一把足有十來個，這種小瓶子打在屁股上是一個坑，砸在腦袋上是一個包，唐家大小姐手法不精，力道卻足，兩把藥瓶扔出去，對面就滾倒了好幾個。

胡泰來看得哭笑不得，問：「你這暗器從哪兒來的啊？」

唐思思邊扔邊說：「從醫院的垃圾堆撿的！」

霹靂姐驚訝道：「思思姐還有這本事呢！」

唐思思第三把藥瓶扔出去的時候，不小心誤傷了王小軍，只覺後背一陣劇痛，一個小瓶掉在腳邊滴溜溜地亂轉，回頭一看唐思思，不禁七竅生煙道：「唐小三，你別添亂行嗎？」

藍毛奇道：「他為什麼喊你唐小三？」

唐思思臉一紅道：「我上面還有兩個堂哥，在家裡排行老三。」

這仗到了這時候已經毫無懸念，虎鶴蛇形門的弟子鬥志全無，紛紛四散逃進屋子裡，王小軍只瞅準小鬍子進行決絕的追殺，小鬍子東奔西竄在前面跑，王小軍一邊追他，一邊把攔路的兵器架、木質的格子窗逐一拍碎，院子裡除了哭爹喊娘的喊叫聲，就是乒乒乓乓的打砸聲，比之王小軍他們剛來的時候熱鬧了不止一倍。

外面亂成一鍋粥，在北屋的套間裡，一個身穿綢衫、戴著小圓墨鏡的老者卻安坐不動，他叼著玉石做的煙嘴悠然地吐著煙圈，這時，一個弟子連滾帶爬地撞進來，帶著哭音喊：

「六爺，六爺！看在你和我師父的交情上，您就出去說句話吧！」

「哼哼，憑我和你師父的交情？」被稱為六爺的老者捋了捋頷下那十幾根鬍子道：「別說我和你師父關係也就一般，就算再好，我也不替你們背這個雷——把唐門和鐵掌幫一塊得罪了，你們他娘的真是惹禍的天才啊！」

那弟子惶急道：「那姓王的小子要是殺到這屋來可怎麼辦呀？」

六爺眼中精光一閃問：「白天去鐵掌幫鬧事的有你嗎？」

「沒有，我只是臨時被喊來助威的。」

六爺打個哈哈道：「那就好，我有一計可保咱爺倆平安，你只要照做必定安然無事。」

那弟子大喜道：「六爺您說！」

六爺霍然起身，一腳把屁股下的椅子踹到窗下的八仙桌前，老傢伙踩著椅子蹬上桌面，雙手一探扒住窗戶，扭頭對那弟子道：「咱倆跑吧！」

那弟子一屁股坐在地上道：「六爺您別鬧了，您再不出去就真出人命了！」

六爺撐著胳膊試了幾次無果，這才跳到地上，扶了扶小墨鏡道：「詼諧？要不是窗戶太小，六爺讓你見識見識什麼叫乳燕歸巢！」

他小心翼翼地挪到門口，趴在門邊上悄悄向外張望，一邊問那弟子，「現在什麼情況了？」

那弟子滿臉絕望道：「六爺，您其實是不打算出去吧？」

院子裡，王小軍東奔西顧，虎鶴蛇形門的弟子們狼奔豖突，六爺一縮脖子道：「我還是再去看看那個窗戶吧。」

這會兒除了小鬍子，虎鶴蛇形門的其他人已全被王小軍打倒，小鬍子前竄後蹦躲避著王小軍，不停利用障礙物把王小軍甩在身後，那場面儼然是一部成龍風格電影，雖然看著滑稽，可小鬍子臉也白了，他知道只要給王小軍抓住就沒好受的，所以能拖一刻是一刻。

「荒唐！」六爺哼了一聲道。

他身後那弟子道：「六爺您也覺得過分吧？殺人不過頭點地，王小軍也欺人太甚了！」

「我是說，你們為什麼不把窗戶開大一點？」

王小軍這會追得嗓子冒煙心頭火起，他腳下功夫是一片空白，小鬍子雖然練功偷奸耍滑，畢竟還有幾十年的功底在，這會兒只顧跑，還真難抓得到他，眼瞅非得再跑個五千米不可。

唐思思手伸進包裡握著一把玻璃瓶，脖子緊張地往前探著，胡泰來無語道：「思思，你就不要插手了吧？」

唐思思瞇著眼道：「不行，總得幫點忙。」

「你這個準頭——」胡泰來不忍心說下去了。

霹靂姐出主意道：「要不然你照著我師叔打，說不定就打住那個傢伙了呢？」

這會兒小鬍子正繞著一棵樹逃命，那樹約有一人腰粗，他左一閃又一晃試圖騙過王小軍，王小軍做出各種假動作要引蛇出洞，兩個人真真假假地繞著大樹轉起了圈子。

「思思姐快打，就按我說的照我師叔打！」

藍毛道：「不行，你沒看見兩個人在不停地動嗎？」

霹靂姐道：「所以才照著師叔打嘛！」

藍毛道：「不對，兩個物體一起運動那就是相對靜止的，你照著師叔打，最後還是打中了師叔。」

唐思思攥著玻璃瓶道：「快告訴我該打誰？」

霹靂姐道：「聽我的，她物理沒及格過！」

藍毛反唇相譏：「就好像你及格過似的。」

正在不可開交的時候，六爺邁著四方步從屋裡踱了出來，他咳嗽一聲道：「都給我住手！」

小鬍子一喜道：「六爺！」

他這麼一出神的工夫，王小軍一個箭步上前抓住了他的肩膀，小鬍子臉色大變，緊接著連聲叫道：「疼疼疼！鬆手！」

王小軍喘著氣揚起巴掌，想了想，在他屁股上踹了一腳。

六爺面色一沉道：「你再動動他試試！」

「試試就試試！」王小軍又踢了小鬍子一腳。

六爺背著手道：「嗯，看在你還算聽話的份上，我不跟你計較。」

「呃……」王小軍被對方閃了這麼一下，竟然不知道該說什麼了。

小鬍子佝僂著腰，汗流滿面道：「六爺，救命啊！」

王小軍這才問：「你就是他們掌門嗎？」

六爺立刻擺手道：「別搞錯，他們掌門姓張，我姓劉，江湖上人們都給我個面子稱一聲六爺。」

王小軍道：「原來是劉六。」

他見對方的大BOSS出面了，雖然不是掌門，看來也必定是厲害角色。

「年輕人，以你我年歲差距，你怎麼也該在我姓氏後面加個『老』字吧？」六爺抱怨了。

王小軍：「哦好，劉老六。」

六爺一愣，忽然爽朗笑道：「這孩子有意思，居然猜到了我的全名。」

所有人：「……」

劉老六指指小鬍子道：「有話好好說，你先把他放了吧。」

王小軍微笑道：「我要不放，你是不是要跟我單挑？」

劉老六儼然道：「我什麼輩分，跟你單挑？你去江湖上打聽打聽，我劉老六什麼時候跟人單挑過？」

霹靂姐捂臉道：「我怎麼聽這老頭說話直犯迷糊呢——他是想說他很強嗎？」

唐思思忽道：「劉老六？這名字怎麼這麼熟悉？」

胡泰來接口道：「武林中活著的百科全書？」

不料這幾個字頓時被劉老六捕捉到了，他興奮地伸手一指胡泰來以示嘉許道：「誒，有認識我的！沒錯，正是你六爺我！」

胡泰來小聲道：「聽我師父說，但凡江湖裡的事沒有這老頭不知道的，所以誰都想結交他，不過，他怎麼會在這裡呢？」

王小軍不耐煩道：「劉老六，你到底想幹什麼？」

劉老六道：「你怎麼才肯放他呢？」

王小軍捏著小鬍子肩膀道：「這小子帶著一票人圍毆我朋友一個，還把他的女徒弟打得住院了，你說這事兒該怎麼了結？」

劉老六道：「你抽他十個嘴巴子行嗎？」

王小軍憤然道：「不行！」

「那二十個呢？」劉老六討價還價，馬上還了一個數。

小鬍子帶著哭音喊：「六爺，你這是幫我嗎？」

劉老六義正詞嚴道：「老子生平最恨的就是不講江湖規矩和打女人，你兩條都犯了，打你二十個嘴巴子算是輕的！」

他背轉身，大義滅親地一揮手，「你們打吧！」

·第二章·

人肉百科全書

胡泰來恭恭敬敬地衝老頭鞠了一躬道：「晚輩見過六爺，您老活百科全書的大名我早就聽過。」

劉老六悠然道：「那是外人的話，咱自己就別提了，活著的百科全書——這名兒聽著彆扭，總像有人盼我死似的。」

王小軍愕然，他現在是真不知道該怎麼辦了，本來按劇情發展，對方大老板都出面了，接下來就該是一場惡戰，打贏打輸自然有個結局，可這老頭一出來就不按牌理出牌，簡直就是個攪屎棍，東攪攪西攪攪，也不知道他是哪頭的。

王小軍偷眼看看胡泰來，胡泰來也是一臉茫然。

這時霹靂姐和藍毛飛撲上來道：「師叔，讓我們來！」

霹靂姐挽起袖子，一巴掌抽在小鬍子臉上，怒道：「這巴掌是替我二師妹打的！」藍毛反手一巴掌道：「這下是替我師父打的！」

小鬍子被兩個小女生打臉，想反抗又不敢，知道求饒也沒用，發狠地盯著胡泰來。

「跪下！」王小軍把他按在地上。

霹靂姐又抽了小鬍子一個耳光道：「這下是替我自己打的！」

「對，這下也是替我自己打的！」藍毛從善如流，抽了小鬍子第二個耳光。

「這下……還是替我打的！」

「這下也是替我！」

「這下替我！」

原來這倆小妞後面的耳光都是替自己打的，王小軍見就剩最後幾下了，無語道：「別人也就罷了，替你們思思姐打一個唄。」

霹靂姐笑道：「對，這下是替思思姐打的！」

待二十個耳光打完，胡泰來走到小鬍子面前道：「把小女生打到醫院裡，我不知你作何感想，最讓人痛心的是，你居然一句抱歉的話都沒有，跟你這種人我不想多說，從此以後咱們兩清，但若你再敢對我身邊的人動一點歪心思，我胡某絕不放過你！」

以胡泰來的性格說這番話，那真是恨極了一個人。

小鬍子再不敢抬頭，垂首不語。

王小軍一伸手道：「把我妹子的東西也還回來吧。」

小鬍子默然地把唐思思的胸針放在王小軍手裡，王小軍拋給唐思思，對他道：「你說的那個使銀針的人不是我們的朋友，你想找他報仇就去唐門，當然，你想找我報仇，我也隨時奉陪。」他衝胡泰來揚了下下巴道：「老胡，咱走吧。」

劉老六背著手道：「你們來別人的地盤砸了個亂七八糟，連招呼也不打一聲就要走？」

王小軍揮手道：「走了。」

胡泰來拱手道：「六爺有什麼指教？」

劉老六招手：「都給我進來！」

「這……方便嗎？」

院子裡都是受傷的幫眾，胡泰來實在不想在此地逗留。

「沒什麼不方便的，進來！」

王小軍不知這老頭是敵是友，只得遲疑地跟上，劉老六頭也不回道：

「那倆小丫頭回家睡覺去。」

唐思思疑問道：「這包括我嗎？」

「唐家大小姐自然不在此列。」

霹靂姐和藍毛不滿道：「憑什麼呀？」

「就憑爺爺是武林裡活的百科全書！」劉老六坐在椅子裡噴著煙。

胡泰來看看時間，擺手讓兩人趕緊回家。

「百科全書也不能強迫人睡覺啊……」兩個女孩子嘟囔著走了。

王小軍進來後，一屁股坐在劉老六對面，胡泰來則恭恭敬敬地衝老頭鞠了一個躬道：「晚輩見過六爺，您老活百科全書的大名我早就聽過。」

劉老六悠然道：「那是外人的話，咱自己就別提了，活著的百科全書——這名兒聽著彆扭，總像有人盼我死似的。」

三個人圍著劉老六在桌前坐好，王小軍用手指點著桌面道：「六爺把我們喊進來到底要說什麼？」

外面虎鶴蛇形門的弟子們開始三三兩兩地爬起來，他們見敵人沒走，便又一小簇一小簇地聚集在一起，既不敢進來，也不想就這麼離開。

劉老六忽然指著王小軍他們，痛心疾首道：「你們惹禍了知道嗎？」

王小軍嘿然道：「他們衝進我鐵掌幫鬧事的那一刻起，就該知道是他們先惹了禍！」

「哎，你跟你爺爺的脾氣是一模一樣。」

王小軍意外道：「你認識我爺爺？」

「認識，說起來老王也算對我有過一點恩惠，你爺爺這一年多都沒回鐵掌幫嗎？」

「沒有。」

「咱們先說你們的事吧——你別摳了。」

劉老六說的是王小軍，他用指頭在桌子上點了個坑，然後想把它抹平，結果弄出一個玻璃球那麼大的洞來。

劉老六繼續道：「你們要知道，虎鶴蛇形門不光是一個門派，虎鶴蛇形更是一個流派，說白了就像太極拳、八極拳一樣是種功夫門類，門人遍及全國。」

胡泰來道：「這個……以前我好像還沒聽過這個門派。」

劉老六聽了道：「那是因為他們未必都叫虎鶴蛇形拳，但路數是大同小異的，虎鶴蛇形門的掌門張庭雷在門子裡輩分很高，練他這個流派的全國沒有一千也有五百，你們趁他不在把他的門派挑了，你們覺得你們會有好兒嗎？」

胡泰來苦笑道：「我倒沒什麼，就是連累了小軍。」

王小軍抱著僥倖的心理道：「他們不會因為屁大點事，就跋山涉水地來找我報仇吧？」

「屁大點事？」劉老六嘿然道，「小子，你還是不懂江湖啊。」

唐思思道：「我們打的是他徒弟，跟師父又沒關係，難道徒弟做錯事不能打嗎？」

王小軍白了她一眼道：「快別說了，你這話聽著比我還外行呢。」

唐思思道：「那怎麼辦嘛？」

劉老六擺手道：「我話還沒說完，要說不幸中的萬幸，就是你們這次打的這個人選得特別好！」

「啥意思？」王小軍問。

劉老六道：「你們打的那個小鬍子，是張庭雷的侄子，也就是他大哥的兒子，他大哥臨死前把兒子託付給張庭雷，張庭雷只好事事順著侄子，但這小子不學無術，全是歪心眼，張庭雷其實也看他彆扭，又不能把他開除出幫，就像爛在嘴裡的一顆牙有苦說不出，你們這一鬧，那小子在門派裡肯定是待不下去了，就衝聚眾打了一個姑娘這一條，他自己不滾蛋，張庭雷也饒不了他，你們等於是替他了了一件心事。」

胡泰來道：「這就好了。」

劉老六面無表情道：「不好！」

「怎麼了？」唐思思問。

王小軍嘆氣道：「就算你嘴裡有顆壞牙，但別人在你沒同意的情況下，掰開你的嘴強行給你拔了，你也得跟他們急不是？」

劉老六道：「沒錯，張庭雷性如烈火，而且最護犢子，你們打小鬍子不要緊，連帶著把他所有弟子都打了一遍，你說這個場子他能不找回來嗎？」

王小軍鬱悶道：「這老頭怎麼聽著這麼分裂呀？」他問劉老六，「老頭功夫怎麼樣？」

劉老六閉目養神道：「六爺沒必要騙你們，就你們三個捆一塊也不夠人家伸伸手的。」

唐思思靈機一動道：「那六爺給拿個主意該怎麼辦唄，你把我們叫進來，不是就為了嚇唬我們吧？」

劉老六霍然睜眼道：「你們是想聽一百的、一千的、還是一萬的？」

胡泰來茫然道：「啥意思啊？」

「你們不是想聽我的解決方案嗎？我問你們願意出多少錢，當然是越貴的就越靠譜。」

王小軍無語道：「你還收費啊？」劉老六好不容易樹立的一點高大形象在他心裡也蕩然無存了。

劉老六翻了個白眼道：「當然，爺爺我可是百科全書，知識就是金錢，婚喪嫁娶算日子還得給算卦的諮詢費呢！」他把玉石煙嘴上的煙頭彈飛，換上一根捲煙，吧嗒吧嗒抽著道：「你們自己看著辦吧。」

唐思思看看王小軍和胡泰來，試探道：「要不……先聽個一百的？」

「掏錢！」劉老六一伸手。

唐思思只好把一張百元鈔放在他手裡，劉老六馬上道：「這樣，張庭雷一回來，你們就趕緊買點東西拎著上門賠罪，就憑你們三個小孩子，給老頭磕幾個頭也不算丟人，以他的身分自然不會再跟你們計較。」

「呸！就這個呀？」王小軍像吃了大糞一樣。

「一百塊錢嘛，你還想聽什麼安邦妙計啊？」

「你個老騙子，把錢還我！」王小軍道。

劉老六手一縮把錢揣好，不悅道：「話可不能這麼說，你憑良心說，六爺我的法子管不管用？」

胡泰來搓手道：「呃，管用，可是有點賤啊。」

胡泰來對尊卑還是很講究的，要是平時知道有前輩在這，過來磕個頭他也樂意，不過這種情況下他自然不予考慮，可歸根結底你不能說劉老六騙了你的錢，畢竟人家的法子只要去做就肯定行之有效。

劉老六道：「一百塊錢當然賤，你們再往後聽啊。」

胡泰來試探地跟另外倆人商量：「咱要不再聽聽一千塊的？」

王小軍懷疑道：「說不定是什麼餿點子呢！」

「聽聽嘛！」唐思思邊掏錢邊道：「六爺，我們把話說在前頭，這次你可不能再讓我們給誰磕頭。」

「絕對不磕頭！錢都花這份上了誰還磕頭呀，六爺也是講職業道德的嘛。」老傢伙信誓旦旦地說。

王小軍那麼說，其實也在湊錢了。

三個人這段日子花的主要是陳長亭的那一萬塊錢，現在也不富裕了，最後零的整的一大堆才湊了一千塊。三個人均是抱著差不多的心思：萬一能解決問題當然好，最主要的還是忍不住好奇心。

胡泰來雙手把錢交給劉老六道：「六爺您請說。」

劉老六接了錢，道：「你現在就回去請你師父來，老祁頭雖然偏安一隅，但在江湖上也是有一號的，你讓他來跟張庭雷攀攀交情，這事兒自然也就過去了。」

「啊？」

胡泰來頗為驚訝，他沒想到劉老六居然知道自己的師父，師父一直深居簡出，也不見和什麼武林人士結交，但他轉念想想對方是活百科全書也就釋然了。

胡泰來道：「我師父心高氣傲，讓他來給別人服軟恐怕很難，再說，就事論事我又沒做錯什麼，怎麼忍心讓師父替我負荊請罪。」

王小軍道：「我就知道是餿主意，原來從一百升級到一千，就是換了個人替我們磕頭啊？」

劉老六道：「我又沒說讓他賠罪，套交情不會嗎？哪怕你讓他來跟張庭雷聊聊天氣，大家心知肚明各退一步，不就沒事了嗎？」

胡泰來局促道：「我師父不讓我多管閒事，從這個角度上說，我不敢讓他知道我在外面的情況。」

劉老六道：「那就是你的事了，反正辦法六爺給你想了。」他笑嘻嘻道：「一萬的你們還聽嗎？」

王小軍立馬道：「沒錢！」

「六爺給你們打八折，我保證，這回絕對是質的飛躍！」

唐思思央求：「你就不能送我們一個嗎？」

劉老六斜眼道：「你這個丫頭，都是買鞋送盒子，有買盒子送鞋的嗎？

你作為唐門大小姐也不缺這點錢呀。」

唐思思面有難色道：「我是從家裡跑出來的，我爺爺要把我嫁給暴發戶。」

劉老六忽然掏出個小木和一枝筆來，在上面急匆匆寫了一行字。

「你幹什麼？」唐思思問。

劉老六嘿嘿一笑道：「這麼大的八卦我得記下來，一個爛筆頭勝過十個好腦子，你以為百科全書容易當啊？」

唐思思無語道：「我送你這麼大的八卦，你能說你一萬的辦法了嗎？」

「不行！」劉老六搖頭晃腦道：「行有行規，要是我們自己都不尊重自己的行業，那別人就更不拿你當回事了。」

唐思思撇嘴道：「你這麼大歲數了，怎麼還白占人便宜呀？」

劉老六拍了拍綢衫道：「既然你這麼說了，六爺就免費送你一個脫困的妙計——你不是不想嫁給暴發戶，又不想和家裡決裂嗎？」

唐思思略有些緊張道：「你有什麼法子？」

「你加入峨眉派呀。」劉老六順理成章地說。

「峨眉？那有什麼用？」

劉老六道：「峨眉是真正的大派，你入了峨眉以後，你爺爺再逼你幹什麼總得顧慮峨眉的面子，恰好峨眉正在廣收門徒，你現在去是最好的時機。」

王小軍肉疼道：「咱還是走吧，花了一千多盡聽些喪權辱國的主意，我知道一萬塊的辦法是什麼了——讓我爺爺趕緊回來跟張庭雷道歉，對吧？」

「聽聽這孩子說的話——」劉老六道：「泰來，我不是挑事啊，憑什麼你師父只值一千，他爺爺就值一萬？」

胡泰來只是憨厚一笑。

劉老六正色道：「還真不是，你爺爺性子比張庭雷還壞，還護犢子，讓他回來，倆老頭非打起來不可，你還是小瞧你六爺了，六爺肯給你們出主意是為了錢嗎？還不是跟這倆老頭都有交情，不希望他們把老臉丟了嘛。」

「趕緊走！一會兒零錢也跑他兜裡去了！」王小軍率先起身。

這會兒虎鶴蛇形的弟子們差不多也都掙扎著起來了，有的揉著肩膀，有的坐在地上，院子裡是一片慘像，小鬍子已經不見了，其他人見王小軍等出了門，個個怒氣衝衝地盯著他們。

劉老六站在門口扶了扶小墨鏡道：「直眉愣瞪的幹什麼，還嫌不夠丟人啊，送客！」

弟子們這才挪開一條道路，眼睜睜地看著王小軍他們走了出去。

「老傢伙還不定跟張庭雷什麼關係呢，我看他也未必想幫咱們。」在路上，王小軍道。

胡泰來道：「六爺作為武林活白科還是沒得說的，就衝他認識我師父和給思思出的主意就不簡單。」

唐思思笑道：「就是收費太貴了，我挺好奇一萬塊的建議是什麼。」

「管他是什麼呢，車到山前必有路，那姓張的老頭打過來再說，反正今天是爽了！」王小軍晃悠著胳膊，走在夜色裡，像個喝多了的中學生一樣撒著歡。

胡泰來看著他的背影失笑道：「小軍也是倒楣，好端端的守著大院子，沒事看老頭們打打牌，咱倆一來，硬生生把人逼成武林高手了。」

唐思思咯咯嬌笑，她手裡把玩著那枚胸針，胡泰來接過來端詳著，見胸針內側印著一排英文：Sichuan Tangmen ss。

「真高級，這英文啥意思啊？」胡泰來問。

王小軍聞聲湊過來看，道：「這是私人的網站網址吧？」

唐思思面無表情道：「那是『四川唐門唐思思』的意思。」

兩人一愣，隨即臉紅道：「原來是拼音啊，嘿嘿。」

唐思思道：「在唐門，每個人都有一枚，唐缺一定是在小鬍子那裡見到了這個，才找到我的。」

胡泰來道：「思思，六爺給你的建議你真的不考慮嗎？或許加入峨眉真是個不錯的辦法。」

王小軍道：「那還不如加入我們鐵掌幫，我想起來了，我大師兄說我們鐵掌幫是什麼六大門派之首，可是他後來又不肯說了。」

唐思思神色一黯道：「我現在只想好好地學做菜，生在唐門，難道連做普通人的權利也沒有了嗎？」

王小軍道：「你就別抱怨了，我就因為生在鐵掌幫，不也每天有人來找麻煩嗎？我跟誰說理去？」

唐思思道：「可是你爺爺和你父親沒有逼你練武功。」

「那是因為……呃，思思，老胡，我跟你們說個事兒，你們別告訴別人啊。」王小軍神秘兮兮地道。

「你說。」胡泰來微笑道，他知道王小軍又要開啟耍貧嘴模式了。

王小軍道：「我爺爺和我父親不讓我練幫裡的武功，那是因為鐵掌幫的武功裡存在著致命的缺陷，越往高練就會有越強的反噬，搞不好練著練著就嗝屁了，我畢竟是他們的親孫子親兒子，倆老頭狠不下這心，我這才躲過一劫。」

「什麼？」胡泰來震驚道，「你說的是真的？」

「不然你以為憑我爺爺的脾氣會放任我開麻將館？」

胡泰來如同聽到了平地驚雷一樣呆在原地不動，通過這些天和王小軍的接觸，他對鐵掌幫的武功有了很直觀的瞭解——凌厲、霸道、有效，最顯著的特徵就是速成，王小軍練了三天以後，一掌秒殺唐缺，還可以用唐缺輕敵解釋，但用十三掌打倒大武的事對他觸動極大，那是因為他和大武交過手，清楚對方的斤兩，現在聽了王小軍的話，一切都有了合理的解釋，鐵掌幫的武功在大威之下有著大弊，更讓他驚詫的是，王小軍居然把這麼秘密的事告訴了自己。

唐思思也道：「這種事你就不該告訴別人。」

王小軍道：「你倆又不是別人，一開始我也沒打算跟你們保密，就是一直沒機會說。」

胡泰來沉默了半晌，忽然道：「小軍，以後你別再跟人動手了，本來我一直不明白你們幫裡『除掌門外弟子不得與人動手』幫規的深意，現在有些眉目了。」

王小軍笑道：「你是說，我跟人動手次數越多，就越快嗝屁嗎？」

胡泰來面有憂色道：「話是難聽了點，但怕有這個因素——我原以為這條門規是怕你們的鐵掌太過剛猛霸道，來制約門人不去惹是生非的，現在想來，你爺爺制定這條規矩主要是為了保護幫中弟子。」

王小軍道：「我爺爺已經在想辦法彌補了，不過你們也不用太緊張，世間的事有利就有弊，誰都知道肯德基麥當勞是垃圾食品，可偶爾吃一兩回也不礙事，咱走一步看一步，只要沒人惹上門，我當然樂得清閒。」

第二天他們約好了要去醫院看陳靜，胡泰來敲門叫王小軍起床，片刻之後就聽裡面忽然傳出來一聲：「我靠！」

胡泰來心往上一提道：「小軍你怎麼了？」

不一會兒王小軍哭喪著臉開了門，原來他睡夢中被胡泰來叫醒，起床的時候迷迷糊糊地在床上一按，手掌直接穿過床墊，把床板按了個洞。

「你的手比以前嚴重了？」胡泰來問。

王小軍點點頭：「以前只是手沒知覺，現在已經躥到小臂上了，力道也比以前猛了。」

胡泰來擔憂道：「你還是去醫院看看吧。」

「你覺得醫院看得了我的病嗎？」王小軍反問。

唐思思從房間裡走出來道：「要不……你問問青青，你經歷過的事情她多半也體驗過。」

「萬一她沒經歷過呢？到時候她幫不了忙，自己再疑神疑鬼的。」王小軍一副患得患失的樣兒。

胡泰來道：「那你打算怎麼辦？」

王小軍搞笑道：「我打算等它再往上躥一截，我以後去哪兒就可以飛著去了。」

唐思思愕然道：「這是什麼梗？」

王小軍白了她一眼道：「《原子小金剛》沒看過啊？」

洗臉的時候，王小軍不是把牙膏全擠飛了，就是把牙刷捏斷了，小臂失去知覺後，他瀕臨生活不能自理的邊緣，除了撓頭、摳耳朵、扒眼屎這類動作外，其他一切日常行為都嚴重失真，王小軍在穿褲子時不小心把褲帶拉斷後，終於崩潰了。

「這日子沒法過啦！」王小軍哀嚎。

胡泰來道：「我給你想個臨時應急的辦法吧——我們師兄弟過招的時候怕傷了對方，偶爾會戴拳擊手套，你要不弄一副？」

唐思思順口道：「那不是成了哆啦A夢了嗎？」

王小軍無奈道：「去醫院之前，先跟我去買副手套！」

他們來到琳琅滿目的日用百貨集散地。三個人找了幾家店也沒有合適的。手套當然不難找，不過不是太薄就是太厚，拳擊手套也真有賣的，不過戴上那玩意基本跟不戴一樣，無論是掏鑰匙還是掏錢包都得先摘了再說，拿筷子就更不用說了。

走著走著，唐思思忽然在一家店前不走了，這家店的櫥窗裡陳列著女孩子用的小包包、指甲油、假睫毛之類的東西。王小軍和胡泰來相視無語，只得陪她進去看看。

一進門，胡泰來臉就紅了，原來這家店主要賣的是年輕女性用品，裡面的貨架上全是內衣，還有各種情趣褲子襪子，另一面牆上則掛著好多COSPLAY用的道具。

老闆是個四十多歲的怪蜀黍，見一個女的領著兩個男的進店，頓時燃起了全部熱情，飛身招呼道：「三位買點什麼呀？」

胡泰來趕緊推門出去了。

剛要轉身出門，唐思思一把扯住他道：「你看這個行嗎？」

她拿起一副帶著袖筒的手套，難得的是這手套五個指頭俱全，指頭前端還有毛茸茸的棉包。

王小軍眼睛一亮，這副手套可以說滿足了他的全部要求——可以連小臂套住，手指處分成五個手指的大小，而且不是很厚，戴上它以後的靈活度還能應付生活中大部分情況。

就是這手套看著也很奇特，手掌中間的部位是白色粉紅色相間，手指尖兒上還畫著尖指甲。

怪蜀黍道：「哦，那是少女跳貓步舞用的貓爪手套。」

王小軍二話不說捂著臉撒腿就跑。

唐思思把他拉回來道：「跑什麼嘛，我看這個挺合適！」

怪蜀黍笑咪咪地打量著唐思思的身材：「怎麼，男朋友喜歡萌系的呀？」

唐思思瞪了他一眼道：「不是我戴，是他戴！」

怪蜀黍的笑容瞬間僵在臉上，但想顧客就是上帝，於是硬擠出一絲笑容道：「原來是小妹妹喜歡喵星人呀，嘿嘿。」

王小軍都快哭了：「你再拉我，我死給你看！」

他一掙扎，手在貨架上按了個窟窿，幸好怪蜀黍沒看見，他把牆上那一整套貓女裝拿了下來，包括一雙貓耳朵、一條超短裙和一條貓尾巴。

他把套裝拿起在王小軍身前比劃著：「嗯，可能會有點小，但是保證能穿！」

王小軍不敢亂動，低著頭不說話，怪蜀黍鼓勵道：「別害羞，現在男人反串很紅的，你沒看過偽娘跳NOBODY嗎？」

從店裡出來，王小軍手上多了一副長袖貓爪手套，唐思思的手提袋裡提著貓耳朵和貓尾巴——她好說歹說老闆也不肯單賣，最後勉強把超短裙留下跟兔子裝配套去了。

王小軍背著手幽幽地走著，胡泰來鬧道：「給我看看你新買的手套。」

王小軍假裝沒聽見，揮手攔了輛計程車，上車後，王小軍發現司機死命地盯著他的手看。

「快開車！」王小軍把兩隻胳膊夾在褲襠裡說。

到了醫院門口，正好碰上霹靂姐和藍毛，霹靂姐眼光何其毒辣，一眼就看見王小軍的小貓爪，狂笑道：「師叔，你這是受什麼刺激啦？」

進了病房，陳靜正和陳長亭有說有笑地聊著，看來已經沒什麼事了。她見胡泰來走了進來，表情有些忐忑道：「師父，聽說你不想要我啦？」

胡泰來乾笑道：「師父是怕你再受連累……」

陳長亭溫和道：「胡老師，借一步說話。」

二人來到門邊，陳長亭道：「胡老師，我看出你最大的顧慮還是在我這兒，小女在你那學藝我是很放心的，你千萬別有負擔，她雖然受了點苦，但我想她學到的更多，我要正式向你表示感謝。」

這會兒霹靂姐正在眉飛色舞地跟陳靜講述昨天去大鬧虎鶴蛇形門的事，尤其把王小軍的光輝事跡濃墨重彩地誇張演繹著。

陳靜驚訝道：「你們四個人去找人家三十多個人，居然還打贏了？」

「當然打贏了，你是不知道師叔有多厲害！」霹靂姐道。

陳靜看看王小軍，眼神終於在他的貓爪手套上定格：「師叔，這是什麼情況？」

王小軍面無表情道：「別問！」

陳靜還想說什麼，王小軍義正詞嚴道：「不許問！」

藍毛忽然拉住陳靜的手道：「三師姐，以前有什麼對不住的地方，你別往心裡去，做師妹的給你道個歉，以前是我不懂事，最主要的——我現在打不過你呀。」

陳靜一愣，隨後三個女孩子咯咯笑成一團。陳長亭和胡泰來相顧莞爾。

·第三章·

青城四秀

余二道：「你們也報個名吧。」

他身後的四個青年齊刷刷道：「我們是青城四秀，一二三四！」

打頭那青年道：「我是阿一。」第二個青年道：「我是阿二。」第三個青年道：「我是阿三。」第四個青年道：「我是阿四。」

霹靂姐又道：「昨天最讓人意外的就是思思姐了，你沒見她暗器打得多神。」

藍毛補充道：「就是準頭差了點。」

唐思思道：「本來昨天我是想撿那些用過的針管的，可後來想想有點太狠了，這才拿的藥瓶。」

王小軍打個寒顫道：「那我還得謝你不殺之恩了？」

他想像了一下，如果昨天打在背上的不是藥瓶而是一根針管，萬一那針管再是什麼傳染病患者用過的，那可就真慘了。

陳長亭對唐思思道：「思思，你跟我走吧，今天是你第一天上班。」

唐思思衝眾人揮揮手道：「我也去學功夫了。」

陳靜想馬上出院，但醫生一定讓她再觀察一下午，霹靂姐和藍毛本來要留下來陪她，被她硬推出來，交給了胡泰來。

「師父，我們下午沒課，就讓我們跟著你練功吧。」霹靂姐道。

王小軍擺擺手道：「你師父沒上過高中我可上過，高中生哪來的沒課一說？」

霹靂姐撇嘴道：「師叔真沒勁。」

藍毛笑道：「那我們就實話實說，反正以我們的德行去不去上課，最後也就是找個職校混日子，還不如跟著師父多學點本事。」

王小軍嘆了口氣，知道她說的也是實情。

胡泰來道：「既然如此，那你們以後可得更下工夫了，陳靜的條件不如你們，可一看就知道平時也沒鬆懈。」

藍毛道：「她這種學霸就知道死摳，現在流行天賦異稟和少年天才型。」她雖然和陳靜已經冰釋前嫌，但出於學渣對學霸的羨慕嫉妒恨，還是要黑陳靜一句。

胡泰來呵斥她道：「去，哪有那麼多天才？」

藍毛道：「我師叔就是嘛。」

王小軍苦笑道：「你師叔是吃苦受累的天才！」他回想那三天仍然是不寒而慄。

回到鐵掌幫，胡泰來讓兩個徒弟蹲了一會馬步，又複習了一遍幾個拳路，王小軍無所事事，就托著下巴在臺階上出神。他戴著貓爪，托腮凝望，要不是顏值沒那麼高，還真有點萌系美少年的感覺。

霹靂姐和藍毛見到他的樣子就忍不住發笑，最後只得全背過身去。

胡泰來坐在王小軍邊上道：「小軍，以咱倆的關係，有些話我說了也不怕你多心。」

王小軍見他鄭重的樣子，似乎是憋了好久。

「你想說啥？」

胡泰來道：「既然你的鐵掌功夫副作用太大，以後你就別繼續練了，索性跟我學黑虎拳，我琢磨了一下，黑虎拳和你的鐵掌理念相通，以你的底子改掌換拳或許不難，說不定假以時日，你在拳法上能超過我。」

王小軍先是愕然，繼而有些感動，他知道胡泰來是真的為了他好，其實他對功夫並沒有什麼興趣，但要直接拒絕又怕胡泰來不舒服，只好道：「我就不能什麼也不學，安安靜靜做個萌貓嗎？」

胡泰來道：「不管你願意不願意，你現在已經被捲入江湖，以後為了自保也免不了跟人動手，多一技傍身總歸是有好處。」

王小軍笑道：「你還是怕我一條道走到黑，最後走火入魔而死吧——先說好，你要我從蹲馬步學起我可不幹，你就教我點乾貨。」

「好！」胡泰來一躍來到平地上，拉個起手式道：「我們黑虎拳發源於古代戰場，是最講究簡單和殺傷力的拳術。」

胡泰來揮動拳頭道：「我們每一拳打出去，追求殺傷力的同時也很注意節省體力，所以無論勾拳還是直拳儘量走的都是直線，因為在戰場上沒有那麼多花哨，你把樣子做足，花的多餘力氣可能又夠你打倒一個敵人。」

胡泰來不停示範著，「看，勾拳其實也是直拳，胳膊上的弧度是為了蓄力，但絕不多費一分力氣。」

霹靂姐和藍毛聽胡泰來講起了拳經，不禁納悶道：「怎麼師父教起師叔功夫來了？」

王小軍跟著比劃了幾下，他現在已不是完全的門外漢，胡泰來又講得通俗易懂，很快就明白了個大概。

胡泰來認真糾正了他幾個細節，又練了一會，胡泰來無意道：「其實你不笨。」

王小軍炸毛道：「誰說我笨了？」

就在這時，有個男人在門上敲了敲——鐵掌幫的大門是半敞開的，可這人沒有直接走進來，還是先敲了敲。

王小軍感動得都快哭了：「總算有人知道敲門了——您請進吧。」

那男人走進來，氣質成熟穩重，臉上乾淨得像剛剝出來的雞蛋，他眼神明朗，兩道眉毛神采飛揚。

霹靂姐使勁拽了一把藍毛，興奮道：「有帥哥！」

男人溫和地向眾人揮了下手：「大家好，我叫曾玉，我想找唐思思。」

藍毛嘴角掛著口水，癡癡道：「你好，思思姐不在。」

曾玉衝她笑了一下，帥得慘絕人寰：「那麼請問她去哪兒了？」

王小軍咳嗽了一聲，這才說：「你是她什麼人？找她有什麼事？」

曾玉道：「哦，我是她未婚夫。」

這話一出，院子裡的人都大吃一驚，王小軍道：「你就是那個……暴發戶的兒子？」

曾玉笑了：「可能是吧——思思是這麼描述我的嗎？」

胡泰來道：「你找她幹什麼？」

曾玉道：「未婚妻丟了，我當然是找她回去的。」

胡泰來道：「她不會跟你走的！」

曾玉不慍不惱道：「嚴格說來她還沒有見過我，這話可不一定哦。」

王小軍道：「說到這兒，你怎麼證明你就是她未婚夫？」

曾玉有條不紊地掏出身分證、駕照：「這些是我的證件，它們可以證明我的身分，我電話裡有思思的號碼，但是打不通，還有——這個地址是唐缺告訴我的。」

王小軍這會兒已經有八九分能確定他就是唐思思說的那個暴發戶，想了想，勸道：「老兄，大家都是年輕人，老頭子們安排的婚事完全可以不用當真。」

曾玉道：「我來這裡並不是為了老頭子，是因為我喜歡思思。」

霹靂姐和藍毛抱在一起驚嘆：「哇，好直白！」

王小軍回道：「既然這樣，我只能告訴你她現在不在，大概晚上才能回來。」

曾玉微微頷首道：「多謝，那我就在附近轉一轉，順便等她。」

胡泰來道：「你可以在這裡等她。」

曾玉一笑道：「不必了，謝謝。」他向所有人點了點頭，緩緩走了出去。

曾玉走後好久，霹靂姐捂著心，一臉迷醉地揚手道：「歐巴～啊，把我也帶走吧！」

藍毛也感慨道：「思思姐的未婚夫真是又帥又暖，看樣子還很有錢！」

「你倆給我練功！」胡泰來喝道。

王小軍湊到胡泰來跟前道：「老胡，來者不善啊。」

胡泰來皺眉道：「你什麼意思？」

王小軍道：「不知道，但他看起來絕不像大款的兒子那麼簡單，一般有錢人家的公子哥未謀面的未婚妻跑了，他會趕著來找嗎？」

「那你說他是圖什麼呢？」胡泰來馬上憂慮起來。

王小軍微微搖頭，下意識道：「總之我對這個人沒有好感，咱們不能讓他把思思帶走！」

胡泰來糾結道：「這得看思思的意思吧？」

王小軍斜眼道：「你是懷疑我看人的眼光嗎？」

「那個曾玉……他怎麼了？」胡泰來問。

「我打眼一看他就知道是個花花公子，就算他現在真喜歡思思，結了婚兩年之內也肯定離！」

「這……」胡泰來對這種推斷的猜測一時竟無從辯駁。

霹靂姐哈哈笑道：「師叔，你是嫉妒人家帥才這麼說的吧？」

「去！」王小軍揮手道，「我是嫉妒他帥嗎？我是嫉妒他又帥又有錢！」

唐思思回來的時候天還沒有黑，她沒有直接回鐵掌幫，而是先在菜市場繞了一圈，停在了「多一兩」的菜攤前。

多一兩是菜市場的名人，雖然大家都自動把「多」一兩過濾成「少」一兩，那是因為他缺斤短兩已不是什麼秘密，但大家還是愛在他那裡買菜，那是因為多一兩雖然剋扣顧客，但對菜販子也心狠手辣，不新鮮的菜一點也別想給他，他跟菜販子拿菜，都是一根一根挑的，在多一兩的菜鋪裡，蘿蔔白菜永遠是飽滿的，辣椒也永遠是最辣的，就衝這點附加值，大家被他多賺那三毛兩毛也就當給他服務費了。

這會兒多一兩正躺在行軍床上無精打彩地看著他的小電視，一邊尋思著收攤後去哪兒小酌一杯，見唐思思走過來，眼睛瞬間亮了，他噌的一下蹦到地上，殷勤道：

「美女要點什麼呀？我這的菜是全菜市場最好的！」

唐思思看了一圈，挑剔地指著一顆白菜說：「好什麼呀，你看你這菜都不新鮮了。」

她在陳長亭那幹了一天活，對菜新不新鮮十分有心得，於是馬上利用下班時間來親身體驗。

多一兩就聽不得「不新鮮」三個字，他光火地用手剝開白菜道：「不新鮮？現在天都黑了，外頭看著當然不新鮮了，你得看裡面知道嗎，別人的菜一蔫就噴水，看著水靈靈的，回家一扒，裡頭全是褶兒，就我一個誠實人還被你擠兌，美女，你是第一次出來買菜吧？」

唐思思臉一紅低頭就要走，剛轉身就被一大束怒放的玫瑰擋住了去路，唐思思移步，那束花也跟著移步，她不禁愕然抬頭，見玫瑰花後站著一個面帶微笑的男人。

「你好啊，思思。」曾玉露出了他迷人的笑容。

「你見過我？」唐思思詫異道。

在大街上被陌生人搭訕的經歷唐思思也有過，但對方顯然是認識自己，奇就奇在這麼帥的男人自己卻全無印象。

曾玉開門見山道：「我叫曾玉，是你的未婚夫，咱們是有婚約的。」

唐思思臉色陡變道：「你怎麼來了？」

曾玉溫柔道：「我要帶你回去完婚，你不能就這樣丟下我。」

唐思思道：「我壓根就不認識你！」

「現在認識也不晚，我們可以先結婚後戀愛。」

唐思無語道：「你瞭解我嗎？」

曾玉道：「這個也可以慢慢來啊。」

唐思思無力地攤手：「為什麼呀？你那麼有錢，看長相也不會缺女人，為什麼對我窮追猛打的？」

曾玉微笑道：「你相信一見鍾情嗎？我第一次見到你照片的時候，就喜歡上你了。」

人家說話，多一兩也不避嫌，就豎起耳朵在一旁聽著，這時忽然把頭探出來對曾玉道：「你看她照片就喜歡上她了？」

曾玉面露憎惡之情，手一搭唐思思肩膀道：「我們換個地方說話。」

唐思思一甩手道：「我不會跟你回去的，我只想在這裡安安靜靜地跟人學做菜。」

多一兩嘿嘿笑道：「不想跟人先學賣菜嗎？」

「你閉嘴！」曾玉面向唐思思道，「你喜歡跟人學做菜，我們就把最好的廚師請到家裡來教你好不好？」

唐思思道：「我再說一遍，我不想跟你回去！」

曾玉道：「好，那我就留下來陪你。」

唐思思鄙夷地看了曾玉一眼道：「少玩暖男那一套，你以為一束花就能搞定一個女人嗎？告訴你，錯了，你要是送我一把芹菜，說不定我還能考慮跟你約個會。」

「給你！」

多一兩順手抄起一把芹菜捧在唐思思面前，嬉皮笑臉道，「想要還有的是，你別忘了你說過的話哦。」

唐思思哭笑不得，拔腳就走。

多一兩探出身子道：「你的芹菜！」

曾玉狠狠瞪了他一眼，氣急敗壞地跟在唐思思身後道：「思思，你不能因為兩家老人沒經過你同意，你就遷怒在我身上啊，多給自己一個選擇，否則你會後悔的。」

唐思思沒來由地打了一個寒噤，加快腳步小跑起來。

「思思，你等等我，你聽我解釋啊。」

唐思思一頭撞進鐵掌幫，上氣不接下氣地回手指道：「快、快……有人追我！」然後「哇」的一口吐了。

曾玉隨即出現在門口，大步向前道：「思思，你就這麼討厭我嗎？」

王小軍用戴著手套的手擋住曾玉道：「你先冷靜冷靜——」他回身看了眼唐思思不解道，「你怎麼把我們這妹子追吐了？」

唐思思一揚手：「趕他走！」

王小軍趕緊示意胡泰來，曾玉還要上前，胡泰來過來暗含威脅地把他架出去了。

王小軍用粉紅色的貓咪手掌輕輕給唐思思拍著背道：「你倆見著了？這是出什麼事了？」

霹靂姐和藍毛嘻嘻道：「思思姐，你不要給我們吧！」

「誰把他勾搭走，我給她十萬！」

胡泰來走進來道：「怎麼回事啊，他到底是不是你未婚夫？」

唐思思道：「別說！再說我又要吐了！」

王小軍道：「咦，小夥子看著挺好的呀。」

唐思思鄙夷道：「你是沒見他那種自我感覺良好、覺得全天下女人都得嫁給他的那勁兒，我幸好是跑出來了，真要落他手裡，結婚那天就是我的忌日！我不管，看他的樣子不會輕易死心，你倆得幫我！」

王小軍道：「老胡，出去揍他一頓！」

胡泰來尷尬道：「不合適吧？」

「當然不合適，我跟你開玩笑呢。」王小軍問唐思思，「你接下來打算怎麼辦啊？」

唐思思一屁股坐在臺階上茫然道：「不知道……」

胡泰來對他倆女徒弟道：「你倆也下課吧，出門見了那個曾玉躲著點走，你們師叔看人不會錯的。」

「我們就不！」倆女孩嘻嘻哈哈地走了。

曾玉被趕出鐵掌幫後，悶悶不樂地在街頭徘徊，家裡給他安排了婚事，開始他也老大不情願，後來從別人嘴裡隱約地瞭解到女方家在「武林」裡地位不低，這燃起了他一點好奇，再然後他得知對方為了不和他結婚居然離家出走了，他在這一切之後才看到唐思思的照片，見唐思思有種脫俗的憂鬱感，激起了他的保護欲和救世主心態。

就像唐思思說的，他身邊從來不缺女人，但是在和很多女人虛情假意後，留下的只有空虛，唐思思的出現讓他重新燃起激情，在他的想像中，追回出走的未婚妻既浪漫又玄妙，一定會成為自己少有的經典情史，沒想到一來就碰了一鼻子灰。

作為暴發戶的兒子，他所有泡妞的手段確實都是看韓劇裡學的，以前一直很管用，直到現在他也相信唐思思只是想端端架子，說不定心裡早就喜歡自己了。

這樣想著，曾玉有些恍惚地坐在一個路邊攤上，抬手叫道：「老闆，一碗麵兩瓶啤酒。」

麵沒怎麼動，兩瓶酒已經下肚，曾玉開始沉浸在自己偉大的追愛計畫中。旁邊桌上一個老者探了探身子道：「小哥，聽口音你也是四川人？」「咦，居然在這裡碰到了老鄉？」曾玉驚喜地說。在陌生的街頭、失落的心情下，這無異是一件值得鼓舞的事情。

那老者身邊各坐了兩個年輕人，四人眾星拱月一般圍著他，這老者雖然面帶微笑，但三角眼蒜頭鼻，長相十分滑稽。

老者問曾玉：「你來這裡做啥？」

曾玉惆悵道：「來找我未婚妻回去。」

老者笑道：「鬧彆扭了？」

「那倒不是，長輩給我們定的婚約，對方我也是第一次見。」

「長得漂亮嗎？」

曾玉道：「當然，她叫唐思思。」

老者點點頭，不再說話了。

曾玉微醉道：「這麼說你不知道她是誰，但提唐門你應該知道吧，她就是唐門的大小姐。」

老者身邊的四個年輕人相互傳遞著眼神，沒有做聲。

老者微微一笑道：「好說，下次你路過青城山的話，歡迎你來玩。」

曾玉走後，老者左首第一個青年道：「師叔，沒想到唐家的小妞也在本地，要不要我去跟著那小子，然後順藤摸瓜把她給抓了，師父不是早想對唐門下手了嗎？」

「沒錯。」老者右首的青年也道：「反正咱們要端鐵掌幫，也不差一個唐門。」

老者眼中精光閃動，擺手道：「不要輕舉妄動，咱們這次主要的任務是對付鐵掌幫，區區唐門先放一放再說。」

四個青年一起垂首道：「是！師叔。」

唐思思到了去上班的時間，她鬼鬼祟祟地出了門，先溜到大門口往外瞄著，觀察了老半天這才輕輕探出身來。

這時一輛寶馬悄無聲息地慢慢開到臺階下，曾玉放下車窗微笑道：「我等你很久了——你去哪兒我送你！」

唐思思崩潰道：「你怎麼還沒走？我明明告訴你我不會跟你回去的，我看不上你！」

曾玉溫柔道：「你生氣我明白，雖然不是我的錯，但我願意補償你，你說吧，你想要我怎麼樣？」

「你有多遠滾多遠！」

「這條可做不到哦。」

唐思思無語，飛快地朝街口走去。

曾玉開車跟她平行，佯怒道：「喂，你這個女人，給我上車！」

王小軍懶洋洋地從門口走出來，蹲在臺階上道：「怎麼，暖男行不通，便開始玩霸道總裁那一套了？」

胡泰來也走出來愕然道：「怎麼了？」

「看來思思不想坐在寶馬裡哭。」

曾玉喝道：「不關你們的事，都給我回去！」

王小軍無語道：「我現在真恨不得把這車砸了。」他把手套摘了又戴上道：「算了，賠不起。」

胡泰來二話不說走到曾玉身邊，探手把他車鑰匙拔了，順手扔到旁邊的房頂上，大聲道：「思思你快走。」

唐思思又氣又笑，飛快地出了街口，上了輛計程車。

曾玉跳腳衝胡泰來喝道：「你幹什麼？」

王小軍道：「老兄，想學霸道總裁得有霸道總裁的本事，你要不服氣，跟我們這位胡大俠單挑啊。」

曾玉恍然道：「我明白了，你們兩個也喜歡思思，好，我就跟你們公平競爭！」

「我才懶得理你。」王小軍進門去了。

胡泰來估摸唐思思走遠了，這才從門裡扔出一根竹竿子來。曾玉撿起來拼命地去撈鑰匙，一邊大聲道：「你們這是不公平競爭！」

曾玉被趕跑後，上午才得以安寧下來。

胡泰來練了一會兒功，忽然轉頭對王小軍道：「小軍，反正你也沒事，把我昨天教你的那幾個起手式再複習一下吧？」

王小軍恐慌道：「我這二十多年，躲過了我爺爺和我爸，最終還是得跟你學功夫？」

胡泰來嘿嘿一笑：「人總不能閒著吧。」

「我就是太閒了，才招來你和思思兩個瘟神！」

說來說去，他終於被胡泰來纏得沒辦法，只得拉開架子心不在焉地練昨天學的那幾拳。

胡泰來一邊糾正他的動作，一邊假裝無意地道：「小軍，再過幾天我就要走了。」

王小軍頓時直起身道：「你啥意思？你不是這麼小心眼的人吧，被我說一句就出走啊？」

胡泰來一笑道：「我在你這兒待的時間夠長了，總不能老在這兒耗下去。」

王小軍想想也是，幽幽道：「你打算去哪兒啊？」

胡泰來豪氣干雲道：「按原計劃，去少林！」

王小軍沉默片刻道：「在鐵掌幫待了這麼久，最終也沒能讓你和鐵掌幫的人切磋一下。」

胡泰來道：「不必了，若論打，我現在已不是你的對手，但是你切記以後不要再和人交手，虎鶴蛇形門那邊我會去做個交代，凡事都由我扛著。」

王小軍道：「你不用去跟他們廢話。」

胡泰來道：「我教給你的是我們黑虎拳的入門功夫，我們黑虎拳的宗旨是通過不停的苦練，追求爆發力和體力的突破，最終達到人體的極限，我不敢說它是最堂堂正正的武功，但水滴石穿總歸是不錯的，你以後多多練習，迫不得已跟人動手時就用它臨時化解一下。」

王小軍道：「你的意思是我們鐵掌幫的武功都是歪門邪道囉？」

胡泰來無奈道：「就知道你要挑理，我說不過你。」

「那你的女徒弟們怎麼辦？」

「修為深淺就看她們自己了，以後有緣再見吧。」

王小軍點點頭，剛要說什麼，鐵掌幫的大門又被人一腳踹開了。

對於大門被踹，王小軍和胡泰來已經習慣了，所以倆人紋絲不動地站著。

從門外衝進來的並不是想像中的千軍萬馬，而是五個人，為首的老者三角眼蒜頭鼻，神情倨傲，進來之後不和任何人搭話。

他身後的四個青年，三個在老者身後一字排開，另一個在沒有徵得主人同意的情況下，擅自從屋裡搬出一把椅子放在老者屁股後面，老者隨即端坐在上，搬椅子的青年飛快地站到隊列的後面。

老者慢條斯理道：「我是青城派的，我姓余，現在的掌門余巴川既是我師兄也是我親大哥，江湖朋友抬舉我，都管我叫一聲余二爺。」

王小軍「噗嗤」一聲：「還真有青城派啊。」

胡泰來拽了他一把，他對武林典故知道得雖然也不多，但也聽說過青城派最近風頭正勁。

余二朝身後勾了勾指頭道：「你們也報個名吧。」

他身後的四個青年齊刷刷道：「我們是青城四秀，一二三四！」

王小軍愕然道：「行，知道你們是青城派的，不用喊口號。」

打頭那青年道：「我是阿一。」

第二個青年道：「我是阿二。」

第三個青年道：「我是阿三。」

第四個青年道：「我是阿四。」

王小軍不禁失笑道：「這麼個一二三四啊？可是看樣子，你們也不是四胞胎啊。」

第三個青年道：「我們是師兄弟，不是四胞胎，一二三四不是名字，而是一種榮譽稱號，青城派裡武功前四位的弟子會自動成為一二三四，我師父日理萬機，無暇去記那麼多弟子的名字，只要知道功夫排名在前四位的是誰就好了。」

王小軍納悶道：「也就是說，今天青城派你們四個是一二三四，如果以後弟子裡出了武功比你們高的人，就會把你們頂替下去，成為新的一二三四？」

阿三點頭道：「沒錯。」

王小軍笑道：「這樣好，不但你師父省事，寫在書裡讀者也好記。」

胡泰來小聲道：「門派裡這樣排名我還是頭一次聽說。」

余二道：「廢話少說，王東來老爺子可在這裡？」

王小軍感覺不到對方有什麼善意，多個心眼道：「你找他有什麼事？」

余二道：「他作為『武協』裡六大常委的頭頭，已經很長時間沒有出現了，據我師兄推測，老爺子可能已經對這個位子沒有興趣了，所以想請老爺子在卸任之際幫我們青城派美言幾句，就讓我們青城代替鐵掌幫進入六大門派，我師兄頂替老爺子繼任常委之職，如果這事成了，我們青城派記著鐵掌幫這個人情，以後你們有事，我們青城派義不容辭。」

「武協？常委？六大門派？」王小軍一頭霧水道。

余二瞟了他一眼，道：「看你年紀輕輕就知道還沒入武協，話說你是誰呀？」

王小軍道：「我是鐵掌幫弟子。」

·第四章·

范冰薇

照片上的女孩五官十分清晰，只見她瓜子臉、大眼睛、櫻桃小口，總覺得像在哪裡見過。

謝君君支吾道：「這是我自己用電腦軟體弄出來的！」

王小軍道：「那原形是誰？」

「臉是范冰冰的、眼睛是趙薇的、嘴是李冰冰的。」

胡泰來掏出一張紅色的請柬道：「余二爺說的武協是這個武協嗎？」
余二見了那帖子，眼神動了動道：「沒錯，這麼說來你就是王小軍嘍？」
胡泰來不置可否道：「你要找老爺子，他現在不在幫裡。」
余二道：「找他孫子說也是一樣的，剛才我把話說明白了嗎？」
「呃……」胡泰來當然不明白。
余二三角眼一翻道：「看來客套話還是不能多，那我就說直接點——讓你爺爺和你們鐵掌幫把在六大門派裡的名額和常委的位置讓出來，確保我們青城派全面接手，這樣明白了嗎？」
王小軍和胡泰來自然聽明白了，就像自然界弱肉強食優勝劣汰一樣，青城派盯上了鐵掌幫，要進行一次置換血液和重新洗牌的舉動，最直接的原因就是鐵掌幫和其幫主已經沉寂許久，讓青城派有了藉口和發難的動機。
但兩個人還是有種知其然不知其所以然的困惑，因為「武協」和「六大門派」到底是指什麼他們並不清楚。他們只清楚一點——比起虎鶴蛇形拳，青城派更為不客氣和兇殘，前者是上門踢館而已，青城派則是要把鐵掌幫從武林裡抹殺、連根拔起。
作為王小軍的替身，胡泰來只得道：「茲事體大，只能等我和爺爺聯繫上以後再給余二爺答覆。」

余二冷笑道：「你爺爺藏了那麼久，沒什麼大事當然是不肯露頭的，我們今天既然到了鐵掌幫，自然要領教一下鐵掌幫的絕學，你和這個小孩兒誰上場露一手啊？」

王小軍氣往上頂道：「那我來開開眼！」

胡泰來按住他道：「你不要和人動手——」他上前一步道，「晚輩獻醜了。」

對方咄咄逼人，胡泰來知道不出手肯定打發不走，但他三分忐忑外還有七分期待，他是個典型的武癡，能有機會和名門大派的高手切磋正是求之不得。

余二大剌剌道：「阿四，你就用咱們青城派的青木掌跟王兄弟過幾招吧。」

阿四面無表情地出列道：「是，師叔。」

阿四年紀看著最輕，按排列武功也最弱，余二這是壓根沒把鐵掌幫放在眼裡。

胡泰來規規矩矩上前一步抱拳道：「在下……呃，領教。」

阿四道了聲「請」，飛身直接一掌拍向胡泰來的肋下，胡泰來有心揮拳搶攻，但轉念一想，自己現在代表的是鐵掌幫，如果用拳，非墜了鐵掌幫的名頭不可，於是學著王小軍的樣子微微側身，右掌從下而上去接阿四的手掌。

阿四似乎是在忌憚著什麼，擰身閃過，雙掌換了個方向朝胡泰來襲來，竟然不肯與對方硬拼。

胡泰來只覺好笑，裝模作樣的以掌法和阿四過招，王小軍在他面前打過幾十萬掌，各種招式他有意無意也學了不少，這時施展開來倒也有七八分像，阿四皺眉凝神，始終不和他有接觸，青木掌又輕又快上下翻飛，跟鐵掌幫凌厲質樸的風格大異其趣。

阿四這一加快速度，胡泰來用照貓畫虎的掌法應付便漸感吃力，用他臨時創造出來的拳化掌，王小軍見那些招式似是而非，看得手舞足蹈，余二卻狠狠地哼了一聲。他看出兩個人打得驢頭不對馬嘴，更瞧出阿四畏首畏尾，這一聲算是警告。

阿四神情一凜，不敢再閃，雙掌交疊如閃電一般直取胡泰來胸口，胡泰來這時也再顧不得作偽，用本門的單拳迎了上去，二人拳掌相交振聾發聵，胡泰來一連退後七八步才勉強站穩，阿四紋絲不動，臉上神色瞬間由白轉青，幾秒鐘後馬上恢復如常。

他打量了一下自己的手掌，來到余二身前一躬身，如釋重負道：「師叔，我回來了。」

胡泰來頗為詫異，雖然從局勢上看自己是落了下風，但還沒有分出勝負，他本想再用本門拳法和阿四痛痛快快打上一場，不料對方竟然像要鳴金收兵了。

余二冷冷地掃視著胡泰來道：「鐵掌幫果然是今非昔比，幫中弟子是越來越不濟了！」他忽然眼神閃爍道，「你不好好練你的鐵掌，學的什麼烏七八糟的功夫？」

王小軍剛要嗆聲，胡泰來攔住他，微微一笑道：「晚輩出醜了。」

余二不再多說，起身把一張名片放在椅子上道：「王東來回來以後，讓他來這裡見我。」然後一揮手道，「走！」

五個人說走就走，瞬間便出了大門。

「莫名其妙！」

王小軍撿起那張名片看了一眼，發現是個賓館的地址，他以為對方要動多大的陣仗，結果只比劃了一下就草草收兵。

胡泰來揉著拳頭道：「那個阿四功力很強！」

「你沒事吧？」王小軍問。

胡泰來搖搖頭：「舊傷而已，但是青城派名不虛傳，阿四已然如此，那阿一阿二怕是更厲害！」

王小軍道：「喊口號誰不會，還青城四秀一二三四?!那個余老二葫蘆裡也不知賣的什麼藥，他怎麼確定我爺爺會回來？」

「小軍，你以前也沒聽說過武協嗎？」胡泰來舉著那張紅色的請柬道。

這張帖子他一直保存著，那是因為上次唐缺見到它好像很吃驚，以唐缺的脾性，他本不該那麼痛快地拿出解藥來，所以從某種角度上來說，這張帖子對胡泰來有救命之恩。如今又聽到了武協的名字，胡泰來不禁上了心。

王小軍道：「從沒聽過，六大門派倒是聽我大師兄提過一次，可到底是哪六個也不清楚，看樣子肯定是沒有青城派。」

胡泰來道：「你猜六爺會知道一些嗎？」

「你說劉老六？」王小軍攤手道，「知道也聽不起，老傢伙收費太貴。」

胡泰來道：「說也奇怪，你爺爺都一年多沒出現了，青城派的人怎麼那麼篤定他近期會出現？」

王小軍道：「管他們呢，讓他們等去唄。」

兩天以來，曾玉都會準時開著他的寶馬出現在唐思思上班的路上，有時候是堵門口，有時候是在街口截殺，每當這個時候，王小軍和胡泰來就會故技重施拖住他，好讓唐思思擇路而逃。

這天唐思思照舊走出鐵掌幫的大門，曾玉放下車窗，溫柔道：「今天我有這個榮幸載你去上班嗎？」

「小軍、老胡！」唐思思輕車熟路地叫了一聲。

二人大步走出，胡泰來走到曾玉跟前，摘鑰匙，扔上房頂。唐思思趕緊上了一輛計程車。

王小軍憤憤道：「我說你還有完沒完，煩不煩啊？」

這時一輛車準時地停在曾玉身邊，司機穿戴整齊，把戴著白手套的雙手放在方向盤上道：「先生，您叫的車到了，請上車。」

曾玉哧溜一下鑽進車裡，探出頭來得意地衝王小軍和胡泰來道：「沒想到我還留了一手吧──」他朝司機喊，「快，跟上前面那輛計程車！」

王小軍和胡泰來面面相覷，眼睜睜地看著曾玉尾隨唐思思而去。

王小軍道：「哇咧，最終還是輕敵了。」

胡泰來吞吞吐吐道：「小軍……我看他真挺喜歡思思的，你說思思要跟他回去，算不算也是一種不錯的歸宿？」

「別扯了，男人對得不到的女人永遠是激情似火的！」

兩個人邊說邊往回走，一抬頭就發現院子裡不知什麼時候多了個人，那人兩眼直勾勾地盯著王小軍，伸出手道：「算我求你了，你就把鐵掌幫的秘笈給我吧！」

「靠！怎麼是你？」王小軍意外道，那人正是楚中石。

楚中石依舊伸著手，癡癡地望著王小軍道：「求你了，把秘笈給我吧。」這句話語氣誠懇，絕不是調侃。

王小軍無奈道：「你求我我也不能給你啊，這個世界上要是有什麼辦不成的事裝可憐就能管用，天下早就太平了！」

遠的不說，曾玉就裝的一手好可憐。

楚中石神色堅決道：「你不給我，我從現在起就無時不刻地纏著你，你睡覺，我就在窗外給你唱歌、你喝水，我就往裡吐痰、你去廁所，我拿石頭砸茅坑、我還會易容術，我一會兒裝成你爺爺，一會兒裝成你爹，我還會化裝成辣妹跳豔舞，讓你明知道是我也睡不著！」

「我弄死你！」王小軍終於忍不住撲上去了！

也不見楚中石怎樣，他的身子已經從當院閃到了臺階上，楚中石微笑道：「這事最妙的地方就在於你永遠抓不住我，你一天不給我，我就纏你一天，你一年不給我，我就纏你一年，你要一輩子不給我，咱老哥倆就耗到七老八十！」

王小軍跳腳道：「我比你小，要死也是你先死！」

楚中石笑呵呵道：「黃泉路上無老小。」

胡泰來又氣又笑道：「這份秘笈為什麼對你那麼重要？」

楚中石鬱悶道：「我也不瞞你，顧客開出高價咬死了要秘笈，幫裡出於重視，才派了我這種絕頂高手來，我要一天交不了差就一天不能回去——你知道這些天耽誤了我多少生意嗎？」

王小軍發狂道：「我管你耽誤多少生意，秘笈我已經燒了，有辦法你想去！從現在開始，我他媽懶得管你，鐵掌幫上下你愛在哪找在哪找，找著金磚都是你的！」

楚中石見王小軍爆走反而軟了下來，訥訥道：「我不要金磚，要是你想要的話，不如開個價？」

王小軍在花壇邊掰下半截磚頭砸過去：「你還敢羞辱我？」

楚中石擰腰閃開道：「寫著秘笈的紙你是燒了，可那玩意不是還在你腦子裡嗎？只要你畫出來交給我，我馬上消失，這不是兩全其美？」

王小軍氣極反笑道：「你是美了，我有什麼好處？」

楚中石想了想，認真道：「這樣吧，大家都是身在江湖，說不定什麼時候就有求助於人的時候，只要你把秘笈畫出來給我，我答應幫你辦一件事，不管是偷人東西也好，打探秘密也好，只要我活著，這個協議永遠有效，你覺得怎麼樣？」

王小軍搖頭道：「不怎麼樣，第一，我沒你想的那麼陰暗，第二，我信不過小偷，我怎麼知道你不會拿到秘笈就跑路？第三，我對你的能力表示懷疑，我要是想要英國女王王冠上的寶石，你也能弄來嗎？」

楚中石那張帥氣的臉上難得出現了憤怒的表情，他鄭重地聲明：「首先，我是盜帥不是小偷，然後，你可以懷疑我的人品，但是永遠不要懷疑我的誠信和職業技能，如果說了不算，我們神盜門早就不存在了！我要不是恪守諾言，大可以甩手不幹了，誰願意跟你耗著？」

王小軍想想還真是，他是個徹頭徹尾的無神論者，這會兒也有了被鬼跟上的感覺。

就在這時，謝君君低著頭徑直走了進來，院子裡的人，他看也不看一眼，獨自進了正屋坐在他平時坐的位置上，然後愁容滿面地開始嘆氣。

王小軍暫時顧不上理楚中石，詫異地說：「謝老闆，老頭子們都有事不能來，你這一缺三還打算開一桌啊？」

謝君君有氣無力道：「你別管我，就讓我在這躲一會兒。」

王小軍道：「那個黑心房產商又找你麻煩了？」

謝君君哭喪著臉道：「要是那樣倒好了——我爸從老家看我來了！」

胡泰來忍不住道：「這不是好事嗎？」通過和王小軍閒聊，他知道謝君君是外地人。

王小軍道：「難道是……老爺子缺錢花？還是老爺子出什麼事兒了？」

謝君君搖頭道：「我爸不缺錢，也沒病沒災，他是來看他未來的兒媳婦的。」

「他未來的兒媳婦……那就是你還沒過門的老婆——」王小軍理了一下

關係，納悶道：「你不是連對象也沒有嗎？」

謝君君用白淨修長的手指神經質地捲住長髮的末梢又放開，鬱悶道：

「可不是嘛，老頭這些年一直催我結婚，還物色了好幾個女孩逼我回去相親，我不回去，他就整天鬧，不是說自己得了絕症，就是要和我斷絕父子關係，我被逼得沒辦法，只好說在這兒找了一個，為了怕他不信，還給他寄過幾回照片，老頭安穩了半年最後還是殺過來了，說要見見真人。我上哪兒給他找真人去呀？」

胡泰來撓頭道：「你這事兒辦得……真是！」

謝君君幽怨道：「我也知道這是自個兒找死，可我不是沒辦法了嗎？老頭現在就從火車站搭車往這兒趕呢，他那個脾氣要是知道我哄著他玩了大半年，非把我店砸了，把我綁回去隨便配給一個村姑不可！」

胡泰來勸道：「一會兒見了老人家，你好好跟他說。」

謝君君眼圈一紅道：「沒用的，我爸要是好說話那種人，我有必要千里逃亡似的跑這麼遠嗎？現在好不容易算是事業小成了，沒想到還是抗爭不過命運。」

王小軍感慨道：「你這情況倒是跟唐思思差不多，不然這樣，我讓思思冒充你女朋友糊弄一下老頭，把他開開心心哄回去也算功德一件，你也替她頂頂槍眼，把她那個未婚夫擋走，這才叫兩全其美。」

謝君君低著腦袋道：「要能找人代替我早就找了——我剛才不是說了嗎，我給老頭寄過照片……」

王小軍一拍大腿道：「你這才叫自作孽不可活，沒事寄什麼照片啊？」

「你以為老頭好騙啊？」

王小軍又燃起萬一的希望道：「照片給我看看，是不是從網上隨便找的？」

楚中石在一旁等得不耐煩道：「王小軍你別想打岔，我說的條件，你到底答應不答應？」

王小軍瞪他一眼道：「難道你就不好奇嗎？」

楚中石無語，只能等謝君君拿照片。

謝君君哆哆嗦嗦地掏出一張照片放在桌子上，這回連楚中石也忍不住伸長脖子看著。

照片上的女孩五官十分清晰，只見她瓜子臉、大眼睛、櫻桃小口，難得的是明豔的容貌下，眼神裡卻有種內斂的斯文秀氣。這照片唯一不足就是看不到拍攝背景，也不知是在什麼光線下拍的，使得這美女的臉略微失真，總覺得像在哪裡見過，哪裡又十分彆扭。

胡泰來道：「這女孩兒長得很漂亮呀，真人在哪兒？」

謝君君支吾道：「沒有真人……這是我自己用電腦軟體弄出來的！」

王小軍一蹦道：「那原形是誰？」

謝君君忽然眼含熱淚，用手指頭在照片上摩挲著道：「臉是范冰冰的、眼睛是趙薇的、嘴是李冰冰的。」

王小軍被雷得外焦裡嫩，哀叫道：「這眼神是怎麼回事？趙薇可沒這麼欲說還休！」

「是……劉詩詩。」

王小軍仰天長嘆：「謝君君啊謝君君，看不出你除了會剃頭以外，還是個駭客啊！那劉詩詩跟吳奇隆都結婚了，你這是造的什麼孽啊？」

謝君君捂臉道：「總得有個氣質擔當才能顯得更立體嘛。」

王小軍甩手道：「這我真幫不了你了，這樣，你爸把你抓走以後，短時間內我倒是可以幫你照看一下理髮館，黑心地產商不是看上你的地嗎，我正好替你賣了，放心，錢我會一分不少地匯給你……我能為你做的只有這麼多了。」

楚中石站在和王小軍若即若離的地方道：「王小軍，我的條件你到底想的怎麼樣了？你要不答應，我這就要進行下一步計畫了。」

「你給我去……咦？」王小軍打量打量照片，又托著下巴瞄了楚中石一眼，忽然招手道：「借一步說話。」

到了屋外，王小軍道：「你會易容術是吧？」

楚中石吃驚地後退一步道：「我知道你在打什麼主意——你想都別想！」

王小軍嘿嘿笑道：「救人一命勝造七級浮屠，再說，你不是已經給我開了條件了嗎，你幫我我才能幫你呀。」

楚中石咬牙道：「我幫你冒充屋裡那貨的女朋友，你就把秘笈畫出來給我嗎？」

王小軍道：「哪有那麼便宜的事？這種小忙最多換一張圖。」

楚中石憤然道：「那得耗到什麼時候去？不行！」

「我們鐵掌幫一共有鐵掌三十式，你每幫我一次，作為報酬我給你一掌的圖，隔三差五地也就湊全了，何樂而不為呢？」

「一張圖總歸是太少，這樣吧，你一次畫十張圖給我，我幫你這次！」

王小軍搖頭：「殺價可不是這麼殺的。」

「那五張是最少了。」

王小軍冷不丁道：「兩張！這是我的底價了，你愛幫不幫，反正我和謝君君關係也沒到那份兒上，我這是給你個臺階，也給我個臺階！」

這話倒也不全是託辭，王小軍自始至終也沒有把鐵掌三十式當成寶貝，他是真心想擺脫楚中石的糾纏，但總不能被對方一威逼就妥協，乾脆想了這麼個辦法，既不丟人，還能借機作弄一下楚中石。

楚中石見王小軍態度堅決，想了半天終於跺腳道：「成交！」

屋裡，胡泰來正在陪著謝君君一起發愁，王小軍大步走進來道：「謝老闆，告訴你一個好消息。」

謝君君愁苦道：「現在中五百萬對我來說也不是好消息。」

「咱們長話短說，我這個朋友他能幫你的忙，你不是需要一個跟照片上長得一樣的人嗎？他能幫你找著。」

「啊？」謝君君抬頭道，「別鬧了，照片上的人根本不存在，他去哪兒找啊？」

王小軍道：「這你就甭管了，你就說你想不想度過這次危機吧？」

「當然想。」

楚中石隨後進來道：「照片我帶走了，你還有別的要求嗎？身高體重三圍什麼的？」

「沒有……只要臉長得差不多，我就謝天謝地了。」

「等我半個小時。」楚中石也不多說，拿著照片出了門瞬間就不見了。

謝君君半信半疑道：「他去哪兒了？」

「幫你找人啊。」王小軍說著衝胡泰來使了個眼色，胡泰來一愣之下也明白了，臉上表情扭曲，想笑又不好笑，憋得五官挪移。

謝君君趴在桌子上哀嘆道：「不出意外的話，這是你們最後一次見到我，明天的現在，我說不定已經在和一個村姑圓房了。」

王小軍忍著笑道：「圓房這麼美好的事怎麼被你說得像上刑一樣？」

謝君君幽怨道：「那也要看跟誰圓，跟不喜歡的人圓房，那就是對自己的背叛。」

王小軍道：「一會兒那『姑娘』來了，你可不要喜歡上她。」

時間一分一秒地過去，謝君君就那樣趴在桌子上，眼睛盯著手錶，好像在看自己人生的倒數計時一樣，良久之後嘆氣道：「我爸這個時間應該已經在我店裡鬧事了。」

話音未落，一個店裡的學徒氣喘吁吁地衝進大門道：「師傅，有個老頭跑進咱們店裡見人就罵，說是你爸！」

王小軍不料謝父說來就來，不禁急道：「救星怎麼還沒出現？」

謝君君本來也未抱什麼希望，淒淒慘慘地說：「我就在這兒躲一會是一會吧。」

門口的學徒冷不防被人拉了出去，一個中氣十足的老頭邁進當院喝道：「謝君君，你給我出來，躲天躲地躲不了你親爹，今天我要是見不著你對象，老子跟你沒完！」

謝君君一聽這聲音，嚇得魂飛天外，戰戰兢兢地起身來到門口，強顏歡笑道：「爸，你終於……來了。」

謝父冷冷道：「少扯那些沒用的，你對象呢？」

謝君君垂頭喪氣道：「我實話跟您——」

他話沒說完，忽然有個沙啞的女人聲音冒出來道：「君君，這就是你爸爸嗎？」

眾人回頭，就見裡院走出一個女孩，尖下巴大眼睛，一張櫻桃小口，長得十分漂亮，穿著一身樸素的白色連衣裙飄然出現，讓人恍若身在夢幻。

謝父自以為看穿了兒子的把戲，他此次師出有名，要先當眾揭穿他的謊言，誓要將兒子裹挾著回老家找人完婚，此刻見這姑娘出現，眼珠幾乎掉出眶外，一張老臉頃刻由憤怒至極生硬扭轉成一個諂媚的笑。

「喲，這姑娘……叫什麼來著？」

女孩瞪著謝君君道：「君君，你是不是還沒告訴過叔叔我的名字？」他眼神像信號燈一樣刷刷直閃，似乎有無窮的訊息要和謝君君傳遞，這「姑娘」自然是楚中石改扮的，他沒想到謝父來得這麼快，有很多本該先瞭解清楚的事還沒來得及說，這會兒只能即興發揮。

謝君君懵了老半天這才道：「哦，我一直說想給老爺子驚喜，所以你的名字我暫時保密了。」

謝父嘿嘿一笑道：「這臭小子每次都給我打馬虎眼，搞得我現在還不知道你叫什麼名字。」

楚中石咬牙道：「叔叔，我叫范冰薇。」

王小軍小聲跟胡泰來道：「范冰冰、李冰冰、趙薇的縮寫。」

胡泰來也小聲道：「劉詩詩呢？」

「他演不出來，直接給刪了。」

謝父走到楚中石面前打量著，由衷讚嘆道：「哎呀，真有長成這樣的姑娘啊，不怕你見怪，我一直以為這小子是在網上隨便拿了張照片騙我呢。」

王小軍把臉扭在一旁，幾乎憋笑憋出內傷。

謝父忽然疑惑道：「冰薇啊，你身體夠棒的啊。」

王小軍馬上就發現問題了——謝父看楚中石，也就是「范冰薇」的時候幾乎是仰著頭的，楚中石身高大約在一米七左右，而且偏魁梧，他雖然外貌化裝成了個瓜子臉的美女，可身量沒變，還肩寬背厚的，也就是說，一個長相十分婉約的美豔小姐卻有著副拳王泰森的身板，也難怪謝父有此一問。

就楚中石現在這副樣子，孫悟空不用拿火眼金睛看也得把他當妖精給打死——這變得也太不小心了！

王小軍翻個白眼，暗中衝楚中石比了根指頭，意思是說這麼糙的活兒只值一張圖。

楚中石當下機智道：「叔叔是不是嫌我胖啊？」

那含嗔撒嬌的樣子倒是當得起五十分的演技。胡泰來實在受不了，背過身研究牆壁去了。

謝父大聲笑道：「不嫌不嫌，身體結實好生——冰薇啊，你的嗓子是一直這樣的嗎？」

王小軍道：「叔，你就別問了，年輕人和年輕人在一起，有很多事是會把嗓子弄啞的。」

謝父不解道：「比如？」

王小軍掰著指頭數：「比如坐雲霄飛車呀，看恐怖電影呀，聽演唱會呀……」

謝父爽朗道：「現在的年輕人我是弄不懂啦，看到君君有人陪，我就放心了。」

謝君君弱弱地道：「爸，冰薇你也見了，那個……你先去漱洗漱洗，咱們晚上一塊吃個飯。」

「好，說好了我請客啊，把你這些朋友都叫上！」

謝君君使勁點頭：「好好好。」

老頭轉身回理髮館去了。

謝君君一屁股坐在地上道：「嚇死我了！」

「累死我了！」楚中石也長出了一口氣。

王小軍捂著胃道：「噁心死我……和老胡了。」他呵斥楚中石，「你能用點心嗎，綠巨人頂了個狐狸精的臉就出來為禍人間啊？」

楚中石朝王小軍使了個眼色，提醒他謝君君還在場。如果讓他知道自己的臨時女友是男人改扮的，事情恐怕會更加複雜。

謝君君起身拉住楚中石的手道：「美女，謝謝你啊——小軍，你不許這麼說人家！」

他盯著楚中石的臉打量了半天感慨道：「真的跟照片上一模一樣啊！美女，你到底是幹什麼的呀？」

楚中石勉強道：「我是個演員。」

「小軍，你那朋友是電影製片嗎？怎麼什麼演員都能找著？」謝君君仍沉浸在無限的驚訝中。

王小軍哼道：「他就是一雞頭，手下小姐多的是！」

謝君君也不理王小軍的胡說八道，誠懇道：「小姐，大恩不言謝，報酬的事我一定不會虧待你，不過，我還不知道你的名字呢。」

楚中石甩脫他的手，無奈道：「你還是就叫我范冰薇吧。」

謝君君一挑大拇指：「好演員，入戲快！」

王小軍失笑道：「你爸倒真是個外貌協會的，除了看臉，別的啥都不挑啊！」

謝君君羞澀道：「我爸只要知道我沒騙他就行，冰薇就算兩百斤他也不會介意的。」

楚中石小聲對王小軍道：「時間太緊湊，本來我會縮骨法能調整身材的，沒來得及，現在還用調整嗎？」

王小軍揮手道：「算了，老頭眼睛不花，別沒事找事。」

「那你可得按說好了的——兩張圖。」

王小軍拿出手機對準他拍了兩張照片，楚中石不悅道：「你幹什麼？」

王小軍笑嘻嘻道：「花兩張圖的代價看你扮女人，值！」

楚中石瞪了他一眼，扭頭對謝君君說：「你過來，咱分析一下人物吧。」

「分析什麼人物？」

楚中石搖頭道：「你這個女友得有家世背景吧，受過什麼教育，在哪兒工作，父母都是幹什麼的，合著你創造的人物你壓根就不關心啊。」

謝君君臉一紅道：「跟我爸說起這個的時候，我都是能混就混過去了，你隨便發揮吧。」

「怎麼能隨便發揮呢？別的不說，她的性格得有吧？是小鳥依人還是野蠻女友？是強勢還是百依百順？」

胡泰來由衷道：「這個真不好決定啊。」

王小軍道：「我看你就是分裂性格，想跟小鳥依人沾邊，你起碼得瘦五十斤，可要扮傻大姐，又跟你這狐狸精的臉不配，最近電影和電視劇裡都流行什麼樣的女性呀？」

楚中石想了想道：「長相還行但自命女漢子那種。」

王小軍吐槽道：「你這麼忙還有時間看電視劇啊？」

「在別人家幹活的時候，有好的也跟著看兩集。」

謝君君拍板道：「我看這種行，我爸就喜歡乾脆爽快的女人，我看，你就不妨從內心裡把自己當成男的。」

楚中石拍拍胸口道：「這就好演多了！」

王小軍瞄了他一眼道：「你那個部位拿什麼墊的？」

楚中石小聲道：「出來太急，塞的是你廚房裡的饅頭。」

這時胡泰來忽然正色道：「不行，不能照著讓你爸喜歡的那麼演！」

「為什麼呀？」眾人一起問。

胡泰來問謝君君：「你不是打算真跟范冰薇結婚吧？」

不等謝君君說什麼，楚中石已經跳起來道：「就算他想我也不能嫁他啊，而且說好了，就今天這一頓飯，我檔期緊著呢，我這種演員很難找，《銅頭鐵臂小嬌嬌》還等我回劇組呢！」

胡泰來道：「所以說不能讓他爸真喜歡上你，你還得攛掇他爸，讓他趕緊和你分手！」

王小軍思忖半晌，拍腿道：「好險！幸虧老胡粗中有細啊！」

·第五章·

競爭對手

「這倆是……你們朋友？」老謝指著唐思思和曾玉問。

「這個是，這個不是。」王小軍立刻劃分了陣營。

曾玉揮舞著胳膊道：「大爺，我們是競爭對手，這倆合起夥來打壓排擠我！」曾玉找到機會立刻跟人訴苦。

到了飯點，謝君君帶著楚中石作為主人來請王小軍和胡泰來去赴宴，這倒不全是為了遵照老謝的吩咐，對於胡泰來，謝君君一直心存感激，是發自肺腑地誠意邀請；王小軍則是為了看楚中石的熱鬧，就算不請他也是會自告奮勇的。

「晚上去哪吃啊？」王小軍問。

謝君君道：「老頭早就打聽好了，一定要在義和樓請客，好在今天不是節假日，位子沒那麼緊。」

「不錯，還能順便看看思思。」王小軍笑嘻嘻對楚中石道，「冰薇，一會好好表現喲。」

楚中石瞪了他一眼，作為職業偽裝，他不是第一次扮女人，但扮成女人去和未來的公公吃飯卻是破天荒頭一遭，臉上神色自然好看不到哪兒去。

謝君君歉意道：「范美女，今天難為你了，我該怎麼報答你呢——」

他的眼神滑過楚中石的髮梢，捧起楚中石的一縷頭髮驚叫道：「哎呀，你這頭髮都分岔了，平時用的什麼洗髮精呀？」

謝君君嘖嘖有聲道：「不但分岔，而且好乾燥，頭髮是女人的第一張名片，你怎麼可以這麼大意？」

說著，他下意識地甩了甩自己的長髮，他的披肩長髮又柔又順，視覺效果秒殺楚中石。

「這樣吧，你以後來我這裡定期做頭髮保養，我不在的時候，你就把這張卡給我的學徒。」謝君君遞給楚中石一張金黃色的卡，大概類似於鑽石會員卡，可以終生免費那種。

楚中石趁人不注意要扔，王小軍趕緊搶過去揣兜裡了。

「準備好了，咱就出發吧。」老謝也出現了。

謝君君開車，楚中石剛想去後面擠，被老頭推到副駕駛座去了，老謝坐在中間，瞅瞅王小軍又看看胡泰來道：「你倆的女朋友呢，一起叫上吧。」

王小軍道：「叔，我才廿一。」

「廿一怎麼了，也該交了——那你呢？」他問胡泰來。

胡泰來老實道：「我廿七，還沒女朋友。」

「看看現在你們這幫孩子，你爸也著急了吧？」老謝杞人憂天兼自賣自誇地說。

王小軍道：「我們這位老兄是資深背包客，不走遍全國不考慮私人問題，下一站去少林。」

老謝道：「去什麼少林啊，去少林能找著對象嗎？你得去麗江。」

楚中石一手搭在座位上，回頭道：「叔，你太LOW了，現在誰還去麗江找豔遇啊，那全是打著一夜情當藉口的騙子。」

「你怎麼知道？」全車人一起問。

「我……」楚中石這才醒悟自己身分尷尬，乾脆扭過去不說話了。

老謝警覺道：「君君，你倆是在哪兒認識的？」

謝君君支吾道：「冰薇……經常來我這兒弄頭髮。」

老謝掃了一眼楚中石開叉的假髮道：「哦，你手藝是不是不行啊？」

謝君君委屈地聳了聳肩。

到了義和樓，吃飯的人已經開始多了起來，眾人進了訂好的包間，服務員掃了一圈，很有經驗地把菜單遞給老謝，老謝接過來又給了楚中石，討好道：「冰薇愛吃什麼點什麼吧。」

「哦。」楚中石也不客氣，翻開菜單頻頻點道：「這個，這個。」隨即抬頭問：「辣都吃吧？」

眾人點頭。

「那就這個也點，沒啥忌口是吧？」他又問。

眾人搖頭。

老謝和藹道：「你喜歡吃啥就點，不用管我們。」

王小軍嘿然道：「你還真沒拿自己當外人啊。」

老謝馬上不樂意了：「冰薇本來就不是外人！」

「誒——」王小軍趕緊閉嘴，隨即道：「給我一個炒生菜。」上回他品嘗過陳長亭的手藝後一直念念不忘。

楚中石道：「吃什麼炒生菜，聽著就素得慌！」

王小軍自覺地不再唱反調了。

老謝道：「服務員，加兩瓶五糧液。」

王小軍小聲問謝君君：「你爸酒量怎麼樣？」

謝君君正襟危坐道：「還可以，愛喝！」

楚中石「啪」的合上菜單道：「就先這樣吧。」

王小軍小聲跟胡泰來道：「為啥我有種看女婿請老丈人吃飯的感覺？」

等菜上來，老謝張羅著給眾人倒上酒，率先舉杯道：「今兒高興，先乾一個！」

謝君君著慌道：「爸，你是知道我的，沾酒就倒，再說我還開車呢。」

老謝剛一瞪眼還沒等說什麼，楚中石一拍桌子道：「我叔讓乾就乾，一會兒我給你叫代駕！」說著霍然起身，端著杯就要往喉嚨裡倒。

老謝兩眼放光，欣喜地道：「冰薇好像比下午剛見那會兒開朗了很多呀。」

王小軍氣得七竅生煙，在下頭使勁拽他道：「小心露餡！」

楚中石愕然道：「不本色演出啦？」

「角色調整你忘了？」

楚中石一拍腦袋，老謝忙問：「你怎麼了？」

楚中石把杯子裡的酒一放，故作矜持道：「我一個女孩子，誰要跟你們喝白酒啦?!」

胡泰來無語道：「這轉得也太硬了。」

老謝一愣，馬上朝服務員招手：「把你們這最貴的紅酒給我拿一瓶。」

等紅酒上來，楚中石往高腳杯裡倒了滿滿一杯，老謝道：「冰薇，我乾了你隨意。」

楚中石搶先把一杯紅酒都倒進嘴裡咕咚咕咚兩口咽了，一抹嘴道：「隨什麼意呀，乾了！」

老謝像張飛一樣哈哈大笑，乾完一杯又去摸酒瓶子。謝君君愁眉苦臉地舔了舔酒杯，也沒人顧上搭理他。

王小軍用指頭在楚中石大腿上戳了一下，小聲道：「你怎麼就管不住你這顆漢子的心呢？」

楚中石咬牙切齒道：「我盜帥喝酒什麼時候被人讓過？我看老頭才是找死呢！」

王小軍嘿嘿一笑道：「那我不管你了，老頭要真認準了你這個兒媳婦，我看你怎麼收場。」

楚中石一凜，這才心虛道：「那我該怎麼辦？」

「搞事！撒潑！蹬鼻子上臉！」王小軍蹦出這麼幾個字。

楚中石四下打量，要找一個馬上變臉的機會，正好謝君君剝了隻蝦，蘸好了料剛要吃，楚中石一拍桌子怒喝：「就你自己吃呀？」他仰起脖子道：「餵我！」

謝君君只得把蝦肉放到他嘴裡。

楚中石眼見老謝也要去盤子裡夾蝦，手臂一探，在千鈞一髮之際把老頭兒面前的盤子搶走，放在謝君君面前道：「你幫我剝了然後餵我。」

老謝尷尬地咳嗽一聲，又舉起杯道：「來冰薇，咱倆喝酒。」隨即囑咐王小軍和胡泰來，「你倆也喝啊。」

王小軍嘿嘿笑道：「我倆看看就行。」

一杯酒下肚，老謝想夾塊牛肉壓壓酒，楚中石又探身把盤子搶過來放在自己面前，十分浮誇道：「我就愛吃牛肉！」

「誒？那我吃花生好了。」

老謝去夾花生，楚中石筷子一伸，把花生碟又給夾走了……

他們坐的包間不是旋轉桌而是一般的木桌，不一會兒，楚中石面前一大堆盤子碟子，老謝面前堅壁清野，連個醋壺也沒有。

謝君君終於看不過去了，鬱悶道：「冰薇，你也讓我爸吃點。」

王小軍哭笑不得道：「你就會這一招啊？」

老頭肚子裡餓得冒火，看著半桌子好吃的又吃不著，只得拚命跟楚中石喝酒，等別的菜上來把桌子鋪滿，老頭這才算隨便吃了點。

仗著酒意，老謝諂媚道：「冰薇啊，我看君君也不小了，你們準備啥時候把證領了啊？」

王小軍用胳膊肘一拐楚中石：「提要求！」

楚中石擺手示意老謝稍等，另一隻手拿著手機在桌子下面鼓搗，等了片刻像念文章一樣道：

「以後房子車子都得寫我名字，君君每個月賺的錢都得給我保管，而且有什麼花銷都得跟我彙報，買早點也不例外。」

老謝笑咪咪道：「這都是應該的。」

王小軍偷偷瞄了眼楚中石的手機，見他在古狗搜索「結婚前有哪些不合理要求」。

謝君君雖然知道都是假的，這會兒也忍不住叫道：「爸，我可是你親兒子耶！」

老謝瞪眼道：「就得有人這麼管著你！」

酒過三巡，王小軍起身去洗手間，楚中石也跟著到了門口。

「你也去廁所啊？」王小軍問。

「對，一起吧。」楚中石回眸衝老謝一笑，欲蓋彌彰道：「當然是他去男廁所，我去女廁所。」

王小軍閃身出了門，皺眉道：「你跟著湊什麼熱鬧？」

楚中石夾著腿道：「二十分鐘乾完一瓶紅酒，你試試！」

「你真打算進女廁所啊？」

「走著瞧吧。」

結果楚中石很快就遇到了廣大女性朋友出門在外經常遇到的問題——女洗手間人滿為患，門口還排著長隊。而男洗手間則少人問津的樣子。

楚中石衝王小軍使個眼色，王小軍進了男洗手間，隨即馬上朝楚中石招手，楚中石趁人不注意，捂著臉哧溜一下鑽了進去，然後飛快地進了單間鎖上門。

王小軍解決完，一邊整理衣服一邊道：「你少跟老頭喝點，哪有兒媳婦和公公拼酒的？」

「不行，我非把老頭灌桌子底下去不可，敢跟我叫板——外面沒人吧，我出來了啊。」

這時老謝推門進來了，王小軍急忙喝道：「別出來，有情況！」

老謝一愣才明白這句不是對他說的，納悶道：「你那姓胡的朋友不是沒跟你一起嗎？」

王小軍陪笑道：「裡面是另一個朋友，臨時撞見的。」

「哦。」

老頭不理他了，自顧自地準備方便，見王小軍遲疑著不走，於是問，「你還有事嗎？」

「呃，沒了——那個誰，我不等你了啊。」

王小軍洗了手出來，沒有回包廂，而是找到廚房的位置，想著怎麼能和唐思思說句話，沒想到發現胡泰來也在，看來倆人想一塊去了。

「你說咱倆就這麼衝進去找人，得被打出來吧？」王小軍擔心道。

胡泰來道：「好廚子做飯很忌諱生人看的，我聽我師父說，廚子這行以前也有自己的門派，也論資排輩的，跟咱們武林裡的門派差不多。」

「你給思思打電話了嗎？」

胡泰來道：「打不通，應該是工作時間關機了。」

兩人合計了一會兒要走，就見後廚房門一開，曾玉被推出來了，唐思思怒氣衝衝道：「我工作的時候你別來打擾我行嗎？」

曾玉一邊掙扎一邊道：「你說跟人學做菜，原來就是給人打雜啊，洗菜摘菜那是你該幹的事嗎？你可是我曾玉的未婚妻！」

王小軍笑嘻嘻地走過去把胳膊掛在曾玉的肩膀上，任憑曾玉怎麼反抗再也動不了了。

唐思思詫異地道：「你們怎麼來了？」

王小軍道：「我們在三〇二吃飯，你一會兒收工了過來露個臉，有熱鬧看。」

這時陳長亭也跟了出來，他衝王小軍和胡泰來微微點了點頭，不動聲色道：「既然朋友們都來了，那你早下班一會兒，去跟他們聚聚吧。」

唐思思急忙道：「陳老師我不用……」

陳長亭打斷她道：「還有你未婚夫……這位曾先生，他想帶你回去當闊太太，你也好好考慮考慮吧，不然何苦白受一頓罪，什麼也沒學著。」

唐思思還想解釋什麼，陳長亭一擺手，接過她的廚師帽回去了。

唐思思氣得指著曾玉跺腳大罵：「姓曾的，你要把我的事弄砸了，我跟你沒完！」

曾玉怯怯道：「你們那廚師頭說得不是挺好嗎——你跟我回去，什麼樣的大廚我都能給你找來，而且專門給你一個人做飯，何苦要自己學呢？」

王小軍像傳黏在手上的口香糖一樣，把曾玉推給胡泰來：「老胡，你有什麼辦法能讓這傢伙馬上消失嗎？」

胡泰來摟著曾玉的肩膀道：「老兄，如果你真的喜歡思思，就要知道她到底想要什麼，她想當廚師是因為她想帶給別人快樂。」

唐思思板著臉道：「你跟他說這些幹什麼？」

曾玉扭著身子道：「我明白，不就是夢想嘛，我帶她去環遊世界，吃遍所有國家的美食，我們可以先當美食家再當廚師嘛，窮人和富人實現夢想的途徑不一樣，她在這裡洗菜能學到什麼？幹嘛非得這麼累？」

「你還是不明白——來，我送你出去。」胡泰來完成和王小軍的接力，押著曾玉往門口走。

幾個人剛走到大廳，正好碰上老謝從廁所出來。

「這倆是……你們朋友？」老謝指著唐思思和曾玉問。

「這個是，這個不是。」王小軍立刻劃分了陣營。

曾玉揮舞著胳膊道：「大爺，我們是競爭對手，這倆人合起夥來打壓排擠我！」曾玉看出老謝跟王小軍他們也不熟，找到機會立刻跟人訴苦。

「你先放開人。」老謝把胡泰來和曾玉分開，調解道：「看樣子你們以前也是朋友，做生意理念不合不能成為夥伴，也不一定就得是敵人嘛，商場是商場，情誼是情誼。」

「誰跟他是朋友！」王小軍和曾玉異口同聲道。

老謝道：「我先問問，你們競爭的是哪個行業啊？」

三個男的面面相覷，王小軍最後一指唐思思道：「按那小子的話來說，我們競爭的是她！」

老謝意外道：「情敵？」

老謝背著手道：「那還等什麼，給我叉出去！」

王小軍小心翼翼道：「叔，誰叉誰出去？」

「你倆把他叉出去！」老謝決定拋棄曾玉。

王小軍一揚手：「給我叉出去！」

胡泰來抓著曾玉出去了。王小軍討好道：「謝老爺子給我們做主。」

老謝點頭道：「要是生意上的事，我還能幫你們調解調解，搶老婆那就沒的說了，現在好女孩這麼少，尤其是這麼漂亮的姑娘，你們打出腦漿子來也正常，我跟你倆有交情，跟他又沒有！當然幫你們啦。」

唐思思紅著臉道：「謝謝誇獎，不過不是您想的那樣。」

老謝一擺手：「這種事本來就說不清楚，走，吃飯去。」

回到包間，王小軍意外地發現楚中石已經坐在那兒了，他用眼神詢問，楚中石低聲道：「從廁所換氣口翻出來的。」

老謝給後到的唐思思介紹：「這是我兒子謝君君，這是他的對象，哦，馬上就是老婆了，范冰薇。」

謝君君唐思思自然是見過的，可一聽他突然多了個老婆，不禁也犯了迷糊。王小軍在她耳邊道：「楚中石假扮的，為了騙老頭說謝老闆有女朋友了。」

唐思思先是愕然，接著笑得直捧腹。

老謝正色道：「小軍啊，你趁老胡不在多獻殷勤雖說無可厚非，不過你倆既然是朋友，還是得講個公平競爭啊。」

唐思思劇烈咳嗽起來，搖手道：「老爺子，真不是你想的那樣。」

老謝馬上把槍口對準她道：「說到底，這事關鍵還在你，你更喜歡哪一個，就直截了當地說出來嘛，不管選了誰，剩下的那個還能繼續做朋友，你這樣吊著，吊來吊去吊成仇啊。」

唐思思無語道：「這倆人都跟我親哥一樣的。」

老謝教訓道：「你可別拿這種話來搪塞，男女之間除了有血緣關係的是兄妹，哪有什麼哥啊妹的，年輕人可別玩曖昧，玩火終自焚吶。」

唐思思還想解釋什麼，王小軍鬱悶道：「算了，吃飯吧。」

謝君君有個這樣強勢又對男女感情洞若觀火的爹，這次要沒楚中石救場，謝君君必然陷入水深火熱之中。想到這，王小軍端著酒杯對楚中石道：「來嫂子，我敬你一杯。」

楚中石狠狠瞪了他一眼，無奈只得舉起酒杯。

唐思思咯咯笑道：「還有我，嫂——子——」

謝君君自知在場的除了自己都是來幫忙的，也隨之舉杯道：「那我也敬你一下吧，呃，冰薇。」

楚中石酒到杯乾，不一會兒又開了兩瓶紅酒，老謝見兒媳婦酒量豪邁，半是歡喜半是憂道：「冰微，不想喝就少喝點啊。」

楚中石噴著酒氣，一擺手道：「沒事！我楚……范冰薇幹別的不行，飛簷走壁和喝酒我排第二，就絕沒人敢說自己第一。」

老謝愕然：「飛簷走壁？」

王小軍悚然一驚，跟唐思思道：「壞了，這貨喝多了要露餡了！」

唐思思趕緊打岔道：「他說的是手機遊戲。」

王小軍湊到老謝身邊嘀咕道：「老爺子，您這兒媳婦除了玩和喝酒啥都不會，以後跟君君過日子您可得多操心了。」

老謝不以為意地笑道：「兒子過不下去，還有我這個老子養著，我還就看上冰薇線條粗這點了，君君從小就膽小，缺少男人氣魄，我怕他找個比他還窩囊的，你看冰薇多好，長得漂亮又豪爽，身板結實不怕有人欺負，沒事鍛煉鍛煉君君的酒量，說不定過幾年，我們一家子能好好喝一頓。」

王小軍崩潰道：「合著他這些優缺點全滴水不漏入了您老的法眼了？」

楚中石酒氣上湧，拍著桌子嚷嚷道：「男人氣魄，我有！」說著就要脫上衣，一撩，連衣裙裡面的饅頭都露出來半個，王小軍嚇得魂飛天外道：「思思，嫂子喝多了，趕緊照顧一下。」

唐思思拽起楚中石就往外跑，門一開，服務員正給對面包間上菜，其中一個四十多歲的矮壯漢一眼瞄見謝君君，矮壯漢臉色一沉，背著手徑直走進包間，謝君君一見此人臉色突變。

那矮壯漢皮笑肉不笑道：「謝老闆在這吃飯啊？」

謝君君站也不是坐也不是，尷尬地點了點頭。

老謝熱情道：「君君，這是你朋友啊？來，一起吃。」

矮壯漢像打發下人似的衝老頭甩了甩手，陰森森道：「謝老闆上次夠不給我面子的呀，我的人好幾個進了醫院。」

王小軍詫異地看著謝君君，隨即便明白了，果然，謝君君衝他微微點頭，小聲道：「這人就是龐通，想占我店面那個。」

老謝不明所以，端著酒杯道：「這是怎麼回事？」

龐通反客為主地大剌剌坐下，冷笑道：「我想跟你兒子做筆買賣，可他不怎麼識抬舉呀。」

謝君君慌亂道：「龐總，今天我父親擺家宴請朋友吃飯，有事咱們改天聊。」

龐通兀自道：「既然碰上了就聊兩句唄，還非得我親自去找你？那店面你是真不賣我嗎？」

謝君君道：「那店面就是我的命根子，我不會賣的。」

龐通威脅道：「好，那我下次多叫點人去『光顧』你的生意。」

王小軍起身來到龐通身後，胳膊往他肩膀上一搭，笑嘻嘻道：「龐老闆外邊說話。」

龐通下意識地要甩開他，可惜現在能甩開王小軍的人並不多，龐通只覺自己的肩膀像被鉗子鉗住了一樣，不由自主地離開座位來到走廊裡，他嘶聲道：「你給我放開！」

這會兒唐思思正在用濕巾給楚中石擦臉，這一擦不要緊，楚中石臉上直往下掉麵粉，把王小軍和夾在他肋下的龐通都嚇了一跳。

王小軍無語道：「把他弄到廁所去，什麼時候他酒醒了再讓他回來。」

龐通仰著臉問，「你準備什麼時候放我？」

王小軍道：「你還搞事嗎？」

龐通瞪眼道：「你知道我是誰嗎？現在給你個機會道歉，不然你就攤上大事兒了！」

王小軍嘆了口氣，看來這傢伙是屬螃蟹的，只要不綁著就要橫著走，可是老在走廊裡也不是個事兒，他索性夾著他進了對面的包廂，也就是龐通和狐群狗黨們吃飯的地方。

這是個大包廂，大理石旋轉桌坐了有十五六號人，清一色的壯漢，個個滿臉橫肉，有的戴大金鍊子，有的紋著身，簡直就是一屋子飛禽走獸，一看就非良善之輩。

龐通被夾進來，起初沒人在意，以為他是喝多了，王小軍一撒手把他丟開，龐通炸毛喊道：「兄弟們，這小子跟我耍橫！」

「你膽兒夠肥的啊！趕緊跪下給龐哥道歉！」一桌子的江湖大哥們頓時沸騰起來。

王小軍笑咪咪地不說話，就背著手站在當地。

有老成謹慎的開始竊竊私語：「這人是誰呀？」畢竟敢公然和龐通叫板，不是人人都有這個膽子的。

一個正在給眾人添水、臉上有疤的漢子頓時叫起來：「上次我們去理髮店『幹活』就見過這小子！對了，他好像是什麼鐵掌幫的！」正是被胡泰來揍了的刀疤臉。

「你知道我們都是誰嗎？說出來怕嚇死你，我們是……」一個肩膀上紋著虎頭的大哥要自報名號。

王小軍使勁擺手道：「不聽不聽，我最近見了太多陌生人，有記名字恐懼症。」

另一個肩頭紋著花豹的大哥站起身嚷嚷道：「小子你好狂啊，你知不知道你這句話幾乎把道上的人都得罪了？」

王小軍往下按按手：「坐下，不要焦躁，我知道在座的都不是什麼好人，這樣，我和朋友在對面包廂吃飯，我也不想惹事，咱們好聚好散，有什麼問題咱們另約行嗎？」

龐通跳腳道：「你們看這小子有多囂張?!」

虎頭大哥和豹頭大哥這會兒已經抄起了酒瓶子醉醺醺道：「媽的，我們現在就去對面砸人，最後再收拾你！」

剩下的飛禽走獸們紛紛應和，眼看馬上就要爆發大戰。

王小軍默默地摘下貓爪手套，走上前去，把虎頭和豹頭大哥手裡的酒瓶子像捏糖人一樣捏碎，然後手在大理石桌子上一按，直接把圓桌的角給按塌了一塊，他索性繞著桌子走一圈，等他再回到原點的時候，一張圓桌已經被他捏成了方桌。

王小軍幹完活，拍了拍手上的粉塵，慢條斯理地戴上手套問：「還有人去對面嗎？」

大哥們都把酒瓶子輕輕放下，羞怯地搖頭。

「那我走了，以後有問題直接找我，行嗎？」

大哥們點頭。

這時胡泰來探進頭來道：「小軍，怎麼了？」

王小軍示意胡泰來沒事，他剛要走，虎頭大哥和豹頭大哥對視了一眼，虎頭大哥發狠道：「論單挑，我們不是你的對手，但這口氣我咽不下，明天晚上十點，就這個地方樓下，你還敢來嗎？」

龐通咬牙道：「我也會把所有能叫來的人都叫上，你們倆有種就來赴會！」

王小軍笑呵呵道：「行，那說好了啊。」他出了門，又回頭道：「但是今天不許搞事哦。」說著把戴著手套的粉紅色手掌張了張，做了一個小貓撓人的姿勢。

大哥們下意識地往後，表情都跟活見了鬼一樣。

「我聽說你遇上了龐通，還以為你和他們打起來了。」在回包間的路上，胡泰來道。

「我什麼身分跟他們打啊？」王小軍拍著手道，「你怎麼去這麼久？」

「跟曾玉聊了幾句。」

「跟他有什麼好聊的？」

兩人進了包廂，楚中石也回來了，看來是吐過，人倒是清醒了不少，臉上的妝也補過了，但偶爾眼神還是犯迷糊。

王小軍小聲嘀咕：「得趕緊結束，不然一會兒這孫子非露餡不可！」

老謝其實也喝了不少，這會兒迷迷瞪瞪地端著酒杯道：「君君，你站起來。」

謝君君忐忑地起身，老謝直接道：「冰薇不錯，這個兒媳婦我認了。」

王小軍鬱悶道：「老爺子，再有比他更五大三粗酒量好的也不考慮了？」

老謝對兒子道：「以後好好對人家，趕緊把日子定了吧。」老謝又轉向楚中石道：「冰薇啊——」

楚中石站起來把謝君君一摟，豪邁道：「叔你啥也別說了，以後我就拿他當個小兄弟，肯定不讓人欺負他！」

「呃……那我就放心了。」老謝道，「那咱們就乾了這杯酒說定了。還有，我明天就走。」

謝君君意外道：「爸，你不多玩幾天？」

「不了，本來我預計的是明天把你帶走，既然你有女朋友了，那我老頭還是自己滾蛋吧，哈哈。」

胡泰來舉杯道：「那我借花獻佛祝大家幸福，我明天也要走了。——」他頓了頓道：「小軍，思思，這杯酒就當給我餞行吧。」

王小軍詫異道：「你可沒說這麼快就走！」

唐思思更是吃驚道：「你明天要走，居然之前都不跟我說？你還拿我當朋友嗎？」

老謝感慨道：「老弟，你這是為了成全友情，放棄了愛情啊。」

總體而言，這頓飯吃得還算成功，只有唐思思一個人悶悶不樂，回去的一路上她都沒搭理胡泰來和王小軍，回鐵掌幫一個人先回屋去了。

胡泰來訥訥地不知道該怎麼辦，王小軍一笑道：「沒事，她明天肯定會去送你的，你幾點的火車？」

「上午十點多。」

「哦……」

「怎麼了？」

王小軍笑笑道：「沒事，提前祝你一路順風。」

·第六章·

高手在民間

「武協的主要宗旨就是網羅所有武林大派和高手，達到淨化武林的目的，所以武協的章程裡，明令禁止違法亂紀的行為，想要達到一種理想的『無為而治』的狀態。」

王小軍道：「這就是『高手在民間』的合理解釋嗎？」

第二天一早，胡泰來的三個女徒弟在鐵掌幫的院子裡哭得梨花帶雨，她們也是剛剛才知道師父今天就要走。

胡泰來搓著寬厚的手掌道：「別哭了……師父以後會來看你們的。」他除了一個簡單的提包外別無他物，跟來時一樣。

霹靂姐抽噎道：「你也不早說，我們連頓飯也沒請過師父。」

「飯就不吃了，你們三個要切記咱們黑虎門的門規，師兄弟之間團結友愛，在外邊行事不要逞強。」他頓了頓，特別叮囑道：「陳靜我是放心的，你倆要注意。」

藍毛不滿道：「師父真偏心，我們也不是以前那樣了好吧？」

胡泰來尷尬一笑：「我走以後，你們練功不要偷懶，快則一年慢則三年，我會回來驗收你們的成果。」

王小軍盤腿坐在臺階上懶懶道：「你都要走了，還教訓這個教訓那個的。」他笑嘻嘻地對三個女孩道：「你們師父走了，可師叔還在，我歡迎你們隨時來鐵掌幫練功，雖然師叔教不了你們什麼，不過我老人家就愛跟年輕人在一起。」

陳靜撇嘴道：「你『老人家』也才比我們大三四歲而已。」

王小軍衝三個女孩兒甩甩手：「剩下的是我們老傢伙的告別時間，你們可以滾蛋了。」三個女孩這才依依不捨地出了鐵掌幫。

這時唐思思從外面進來，手裡提著一大袋子吃的，她往胡泰來手裡一塞轉身就走。

「思思你去哪兒啊？」王小軍忙問。

「上班！」

「老胡走你都不送他？」

唐思思板著臉道：「人家都沒和我說過要走，我有什麼好送的？」

「你就別怪他了，他跟我也沒說今天要走啊。」

唐思思瞪了王小軍一眼道：「起碼他跟你說過要走。」

王小軍笑嘻嘻道：「所以你吃醋啦？」

「哼，我上班去了！」唐思思扭頭又要走。

王小軍無奈道：「老胡，你就不會說兩句好聽的哄哄大小姐啊——咦，老胡？」

王小軍回頭卻發現胡泰來彎著腰，滿頭大汗。

「你怎麼了？」王小軍驚訝地問，胡泰來可不是輕易低頭的人。

「胳膊……」胡泰來已經疼得說不出話來，從牙齒裡擠出兩個字。

胡泰來的右胳膊上青筋和血管暴凸，一條條呈現出深黑的顏色。

「你這是怎麼弄的？」王小軍頓時慌了手腳！

唐思思快步走回，推開王小軍只看了一眼便驚道：「他中毒了！」

「你怎麼知道？」

「我好歹也是從唐門出來的。」唐思思眉頭緊皺，使勁握住胡泰來的右臂道：「而且這毒還在往上蔓延！」

「老胡你摸了什麼有毒的東西了？」王小軍六神無主道。

「沒……有……」

唐思思問：「他上次受外傷是什麼時候？」

「上次——」王小軍回想道：「小鬍子那次！」

唐思思點點頭道：「事隔這麼多天才發作，對方用的是慢性毒！」她補充道：「一般這種毒都是自己配的，所以只有下毒者才有解藥！」

王小軍咬牙道：「那還等什麼，走！」

他攙起胡泰來到門口，一眼看到曾玉的車停在那裡，不管三七二十一拉開後門和胡泰來鑽了進去，唐思思也直接坐進副駕駛座。

曾玉意外道：「你們這是……」

唐思思喝道：「別說廢話，開車！」

曾玉被她氣勢所迫，趕緊發動車子。

曾玉一邊開車，支吾道：「思思，我有幾句話要對你說……」

「閉嘴！」唐大小姐顯然沒心思應付廢話。這會兒車子到了古玩一條街，前面拐一個彎就是虎鶴蛇形門了，唐思思開門跳出車外，和王小軍一起把胡泰來攙了出來。

「我要等你們嗎？」曾玉探出頭來問。

「回家去吧。」唐思思丟下一句話，帶著胡泰來快步往胡同裡走。

胡泰來見王小軍和唐思思殺氣騰騰的樣子，忍著疼道：「一會……先把話問明白，別急著動手！」

他話音未落，王小軍已經一掌把面前的大門拍碎，高聲喝道：「那個小鬍子呢，讓他滾出來見我！」

虎鶴蛇形門的幾個弟子正錯落在院子裡練功，一見這三個煞星又來了，不禁驚愕莫名。有個弟子壯著膽子道：「他已經好幾天沒露面了。」

唐思思道：「給我找，今天他不來見我們，我就把你們房子燒了！」

幾個弟子又驚又怒，大武也趕了出來，眼見又要大動干戈，正屋裡一個老頭叼著煙嘴邁步出來，悠悠道：「有什麼話進來說。」

正是劉老六。

王小軍扶著胡泰來進了屋，托著胡泰來發黑的手腕道：「我們來拿解藥，其他的以後再說！」

劉老六見狀，把墨鏡摘下來湊在近前仔細看了兩眼道：「這是誰幹的？」

王小軍怒道：「還能有誰，張庭雷的侄子。」

劉老六道：「你們不是已經砸過場子了嗎？」

唐思思道：「那是報的他打傷老胡徒弟的仇，沒想到他這麼陰險，居然還給老胡下了毒。」

劉老六微微搖頭道：「你們太高看他啦！」

王小軍道：「你意思這毒不是他下的？」

劉老六嗤笑道：「他要是有這樣的心機和手段，張庭雷也不用發愁了——」他問胡泰來，「你最近還跟什麼人動過手？」

胡泰來想了想道：「跟……青城派的阿四比劃了幾下。」

劉老六直起腰道：「果然是青城派的青木掌。」

王小軍動容道：「對，他們當時也說過這個名字。」

「青城派怎麼會和黑虎門對上的呢？」劉老六不解地嘀咕。

王小軍霍然道：「他們要對付的是我，但當時老胡冒的是我的名。」

「這就對了。」劉老六慨然道，「青城派果然對鐵掌幫下手了。」他示意三個人先坐下，隨後到處摸索起來。

「你幹什麼？」唐思思問。

「找藥。」劉老六把所有口袋都捏了一遍，又去旁邊書架上翻了半天，最後手裡捏著什麼東西走到胡泰來跟前道，「張嘴！」然後把一顆不明物體丟進去，拿著桌子上的茶杯道：「趕緊送下去。」

胡泰來喝了幾口水，但似乎並沒有什麼效果。

「六爺，這到底是怎麼回事啊？」唐思思焦急道，其實所有人都有滿腹疑問，但又不知該從何問起。

劉老六道：「老霸主地位不保，新勢力野心勃勃，這回書說的是青城派躍躍欲試要取代鐵掌幫，從此以後，江湖上也不知要掀起多少腥風血雨！」他故意沙啞著嗓子，一副說書人的口吻。

王小軍氣得七竅生煙，道：「你就先說說青城派是怎麼回事，他們為什麼要對鐵掌幫下手？」

劉老六悠然道：「這事兒說來話長，想理順了可得費不少口舌。」

唐思思憂慮道：「你能不能別賣關子，先說老胡的手怎麼辦？」

劉老六道：「他的事兒也不急在一時，想搞清楚你們就得聽我慢慢道來。」

王小軍不耐地催促道：「那你快說！」

劉老六翻了個白眼責備道：「求人幫忙是這個態度嗎？先給六爺添杯水去！」

唐思思唯恐王小軍發作，快手快腳地從飲水機裡接了杯熱水放在劉老六面前道：「這下行了吧？」

劉老六這才緩緩道：「追根溯源，一切要先從武協說起！」

「武協？」

王小軍和胡泰來交換了個眼神，這兩個字最近出現的頻率很高！他們意識到這很可能是解決問題的關鍵字！

好在劉老六這回直切主題：「俠以武犯禁，自古咱們武林人士在社會上的地位，其實一直很敏感，三百六十行裡，同行同業的人往往會成立一個協會或者同盟什麼的，用以約束和規範行業。武協也就應運而生。它的主要宗旨就是網羅所有武林大派和高手，達到淨化武林的目的，凡是有倚仗武功作奸犯科的敗類，武協會以組織的名義出來清理門戶，這樣做，一是為了維護武林人士的口碑，也是為了把不好的苗子及時扼殺，避免引起社會恐慌從而導致政府插手，所以武協的章程裡，除了明令禁止違法亂紀的行為，也不主張高手們過多干涉世事，想要達到一種理想的『無為而治』的狀態。」

王小軍道：「這就是『高手在民間』的合理解釋嗎？」

「差不多就是這個意思了。」劉老六吸溜口茶水道：「咱們接著說，這武協也不是誰想進就誰進的，不可能你練上十天半個月的長拳短打、蹲過半年馬步就收你進來，那樣就亂套了，簡單說就一個宗旨——非真正的高手不收，那麼評判一個練家子有沒有資格進武協又該由誰做主呢？」

三個年輕人異口同聲道：「誰啊？」

「所以維持武協日常工作的人就必須得是真正的武林權威，有說一不二的本事和地位，還得有強大的背景做後盾，武林中符合這樣條件的，就只有六大派，簡稱六大！」

王小軍抓心撓肝道：「到底是哪六個啊？」

劉老六兩眼放光，一字一頓道：「他們分別是鐵掌幫、少林、武當、峨眉、崆峒還有華山！」

當王小軍聽到劉老六說六大派第一個就是鐵掌幫時，心裡也莫名地燃起了一團火！看來大師兄沒騙他，鐵掌幫確實是六大派之首。

唐思思微微失望道：「竟然沒有我們唐門。」

劉老六道：「唐門雖然不在六大裡，但你爺爺一定是武協的人。」

胡泰來的疼痛似乎抑制了不少，他問：「青城派老提到『常委』這個詞，看來六大派的掌門就相當於武協的六個常委？」

劉老六道：「沒錯，這六個常委常年主持著武協的工作，其他門派的高手想加入武協，只能以個人名義去進行考試和評定，所以只要是實力差不多的門派，他們的掌門或幫中的第一高手一般都是武協的成員。武協還有一個約定俗成的規定，那就是保密性，武協成員不會宣揚武協的存在，除了馬上有望能進入它的高手可能會得到師父長輩一些有意無意的提醒，已經進了武協的人對同一門派的師兄弟也是要保密的。」

胡泰來悠然神往道：「也不知我師父……」

劉老六打斷他道：「你師父祁老爺子是武協的會員。」

胡泰來興奮道：「果然！」

劉老六嘿然道：「你師父讓你遊歷江湖，你難道看不出來他對你的期許嗎？」

胡泰來恍然道：「原來他老人家是想讓我進入武協。」

劉老六道：「廢話，當然是。而且他這麼做還有一個深意——武協有個規定，會員之間除了雙方都認可的比武切磋之外，不得加諸武力以他人，也就是說，等你入了武協以後，再想和這些門派的高手請教武功，人家只要說個不願意，你就永遠沒機會了。」

王小軍好奇道：「老胡，你師父讓你走訪的門派是哪幾個？」

胡泰來道：「你們鐵掌幫是頭一個，然後是少林和武當，卻沒有說另外三個。」

劉老六道：「你考試的時候只要有這三個門派的掌門點頭，那就相當於通過了，你師父讓你到這三個門派拜山，不是讓你踢館，是讓你挨挨打受受教訓，收起狂妄之心，最主要的目的還是讓你在三個掌門面前露露臉，你師父看來很以你為傲，覺得你肯定能入會成功。」

胡泰來又感動又慚愧道：「可惜我讓他老人家失望了。」

「不要妄自菲薄嘛，憑你的本事，基本上已經達到入會要求了，其實六爺把話說得這麼明白，你們該想到上次我要給你們一萬塊的建議是什麼了吧？」

唐思思馬上道：「你想讓我們去加入武協？」

劉老六道：「沒錯，張庭雷也是武協裡有頭有臉的人物，你們只要加入了武協，和他侄兒那點事也就不算事了，至少他不能跟你們明目張膽地動手了。你們自己說這主意值不值一萬塊？」

王小軍斜眼道：「這麼說來，六爺您也是武協的會員？」

劉老六仰天打個哈哈：「笑話，六爺要不是武協的會員，能跟你們白唷呼半天？」

王小軍笑嘻嘻道：「不知六爺最擅長什麼功夫，我想領教領教！」

劉老六微微變色道：「六爺我什麼身分？我還偏不給你這個機會！」

王小軍把手套摘了，手掌平平在桌面上滑過，實木桌子硬是被他又壓歪了半寸。

劉老六這才陪笑道：「無論哪個協會都是需要文職人員的嘛，六爺綽號是什麼——武林百科全書啊！那些常委也好，高手也好，總有需要諮詢我的時候不是？」

唐思思道：「別鬧了，您繼續說。」

「咱說到哪兒啦？」

唐思思接口道：「武協有六大常委，這跟青城派找鐵掌幫麻煩有什麼關係？」

劉老六忽然問王小軍：「你爺爺這一年多沒出現是真的吧？」

王小軍點頭。

劉老六道：「那就是了，武協裡有規定，就算是常委，只要十八個月不露面，就等於自動放棄常委地位，你爺爺不但是常委，而且是常委主席，算起來再有三個月不出來，你們鐵掌幫就會丟掉常委的位置。江湖上有傳言，說你爺爺很有可能已經練功走火入魔，不能見人了！」

王小軍吃了一驚，想到大師兄的話更是憂心如焚，爺爺行事往往出人意表，以前也經常玩失蹤，所以王小軍之前並沒有太擔心，但這次不同了。他欲言又止，最終沒說什麼。

胡泰來知道他心裡著急，把手放在他肩膀上拍了拍。

劉老六察言觀色道：「小軍，你爺爺也一直沒和你私下聯繫過嗎？」

「沒有。」

劉老六沉聲道：「青城派正是看中了這一點才大肆反撲鐵掌幫，他們押寶就押你爺爺出事了，這才趁機要全面取代你們，你們兩派素來不睦，今天終於公之於天下了。」

唐思思道：「鐵掌幫和青城派有什麼過節嗎？」

「青城派其實一直實力不俗，也就略略遜了六大派一點，當年青城掌門余巴川就提出要增加武協常委名額，把他自己加進去，理由是別人家常委都是奇數，六個常委如果遇到什麼分歧投票，三三對等的話就是個麻煩。」

唐思思道：「這話倒是沒錯，後來呢？」

劉老六道：「要說余巴川這個人，平時是專橫霸道了一點，憑實力想當常委還是可以的，但這個時候有個人站了出來一力反對，這件事居然就此作罷。」

唐思思道：「那個人就是小軍的爺爺？」

劉老六點頭：「除了老王有這個本事和膽量，還有誰敢公開和余巴川作仇？」

「我爺爺為什麼要反對啊？」王小軍問。

劉老六嘆口氣道：「還能為什麼，他就是看不慣余巴川的霸道唄，其實要說霸道，誰能有你爺爺霸道。余巴川多年經營和武當還有崆峒的關係，當時這兩派都同意他入常委了，除了峨眉，另兩派也不介意做個順水人情，這時候是你爺爺以常委主席的名義一個人投了兩張反對票，正所謂一山不容二虎，他怎麼可能讓余巴川得逞嘛。」

王小軍直嘬牙花子：「這就是兩個人的恩怨由來了。」

劉老六輕笑一聲道：「這話說早了——兩個老頭因為這個動起了手，你爺爺用大嘴巴子把余巴川扇出了武協的大門，這才是兩個人的恩怨由來。」

王小軍一頭杵在桌子上：「哇，這麼嚴重？」

「余巴川那麼心高氣傲的一個人被人當眾打成狗，你說這仇他能忘嗎？」

唐思思道：「不是說武協會員之間不能動手嗎？」

劉老六道：「余巴川心心念念想的是直接當常委，所以他名義上從沒當過武協的會員，這事兒一出之後，他想著要親自報仇，更不會入武協給自己添條無形的枷鎖限制了，不但如此，他甚至不讓門下弟子入會，這樣一來他就算找鐵掌幫的麻煩，也只能是門派矛盾，武協無權出面干涉。」

王小軍幽幽道：「所以余巴川一旦推斷出我爺爺可能已經病了，馬上就派人來滅鐵掌幫？」

劉老六翻個白眼道：「那還跟你客氣？」

王小軍歉然道：「老胡，你是代我受過啊——六爺，青城派來找我報仇，為什麼只打了一架就跑了呢？」

「現在的社會畢竟不能再隨便就出人命，再說，余巴川的目的不是幹掉你，而是取代你們鐵掌幫，青城派的青木掌外人所知不多，會這門功夫的一般也不會顯露，那是因為練習青木掌要用各種毒藥淬煉手掌，最終導致掌上有毒，被青木掌擊中以後，起初的幾大並無異常，隨後毒性逐漸蔓延使經脈枯萎，若得不到救治，輕則廢一條胳膊，重則喪命！」

王小軍猛然站起道：「這群王八蛋也太歹毒了！」

劉老六道：「他們把老胡當成了你，就是想憑孫子逼爺爺露面，先要脅你爺爺讓出常委的位子，私仇以後再報也不晚。」

胡泰來苦笑道：「難怪那個阿四跟我動手心神不寧，原來是心裡有鬼。」

劉老六道：「未必是心裡有鬼，青木掌若不能傷人就只有自傷，鐵掌幫盛名在外，他是怕弄巧成拙啊。」

唐思思著慌道：「那現在怎麼辦？」

王小軍憤憤道：「找到余二他們，逼他們交出解藥！」

劉老六聽了擺手道：「哪有什麼解藥？中了青木掌以後必須得由青城派本派的高手用內功逼毒，不然他們一邊練毒掌，一邊還隨身帶著解藥等你去搶嗎？」

王小軍臉一紅道：「那我就讓余老二替老胡逼毒。」

劉老六哂笑道：「憑你的本事，要是能打過余二，那他必然也沒這份內功，若你打不過他一切更是扯淡，連自己也得栽進去。」

王小軍道：「那總得試試才知道！」

劉老六道：「你給我坐下，六爺教你個萬全之策。」

王小軍立刻像汪星人一樣乖乖坐下，兩隻手搭在桌子上恭敬地道：「六爺您請說。」

「你小子，只有求著六爺的時候才知道客氣！」劉老六端起架子道：「可六爺也不是白給人出主意的，別的不說，就剛才那些話就值一輛帕薩特的！」

王小軍一邊咬牙切齒，一邊又不敢得罪老傢伙，只得陪笑道：「我們實在是沒錢，時代髮藝室的會員卡您要嗎？」說著把謝君君給楚中石的金卡掏了出來，放在桌上。

唐思思把胸針也遞過去道：「我只有這個了。」

劉老六哼了一聲道：「算了，先欠著吧，但你們記住，下面你們每問六爺一個問題，就欠我一萬塊，下次見面的時候新賬舊債得一起結算！」

王小軍忙不迭道：「好！您就告訴我們該怎麼替老胡解毒？」

劉老六蹦出三個字：「上峨眉。」

唐思思皺眉道：「這不是說我逃婚的事，又上峨眉幹什麼？」

「嘿，看在你們還小的份上，下面幾句話算是我送的——峨眉自古就和青城派互為天敵，兩派的許多功夫都是為克制對方而創立的，峨眉絕技『纏絲手』可以更改貫通練功者手臂上的經脈，只要老胡學會了纏絲手就能自行解毒了。」

唐思思道：「那……峨眉派的人肯教嗎？」

王小軍趕緊捂住她的嘴道：「這不算一個問題！」

唐思思掙脫王小軍道：「那老胡還有多長時間？」

王小軍想了想，也覺得這個問題十分重要，便跟劉老六點了點頭。

「兩萬了啊——青木掌發作以後十天之內不會有事，無非就是間發性的陣痛，所以你們還有十天的時間，不過這十天你們不但得到達峨眉，還得確保老胡學到纏絲手。」

劉老六忍不住道：「六爺心善，再額外送你們個建議——如今峨眉派前任掌門一年前剛剛去世，派中幾乎沒有長輩撐腰，小一輩的則太小，現在正是青黃不接的時候，你們要打著拜師的名義他們一定歡迎。」

說到這，老傢伙賊忒兮兮道，「現任峨眉掌門江輕霞是武林四大美人之一，兩個臭小子可有眼福了。」

以王小軍的性子自然想問問另外三個美人是誰，可想到囊中羞澀還是忍住了……

唐思思道：「事不宜遲，我們現在就去峨眉！」隨即她又道，「六爺，您剛才給老胡吃的是什麼藥？」

她見胡泰來這會臉色好看了很多，想來是那藥管用了。

王小軍剛要說什麼，劉老六已經搶先道：

「止疼片——三萬了！」

王小軍頓足捶胸道：「我真笨；都看見那藥瓶上的字了！」

唐思思無語道：「算我欠的！」

三個人走出門口，在胡泰來的帶領下衝屋裡的劉老六鞠了一躬。

「王小軍！」劉老六忽然叫了一聲。

「啊？」王小軍愕然。

「你知道你該做什麼嗎？」

「我該做什麼？」

劉老六一字一句道：「再有三個月，你們鐵掌幫就會被武林除名，但這三個月裡，你還可以幹很多事情，比如遊說其他五大派，讓他們同意延長你爺爺的任期，甚至讓他們同意讓你代替你爺爺接任常委，事在人為，四萬了！」

「噗——」唐思思又笑又氣道：「誰要你拿主意了？」

王小軍盯著劉老六那滄桑的老臉，緩緩道：「六爺，你為什麼幫我？」隨即他馬上道：「這個問題你可以不回答！」

劉老六露出了一個難得的和藹笑容：「你爺爺對我有恩，我總得替他為鐵掌幫做點什麼。」

王小軍深情道：「那四萬塊錢能不給嗎？」

「免談！」劉老六把門摔上了，隨即聲音從裡面傳來，「這個問題算我送的，要不你們就欠六爺五萬了！」

王小軍嘆了口氣，瞬間覺得肩上的擔子沉重無比，但他緊接著又長出了一口氣，強敵壓境反而激起了他的鬥志。

王小軍就是這樣的人，在沒有壓力的時候，他可能像根羽毛一樣隨遇而安又飄搖不定，但越在狂風席捲中就越恣意昂揚，他暗暗下定決心，絕不讓青城派得逞，他要重振鐵掌幫！

爺爺和父親深受反噬之苦，恐怕已不能和人動手，大師兄限於身分和天分的雙重障礙，註定不能帶領鐵掌幫重返巔峰，小師妹更不用說，現在只有自己這個鐵掌幫第四順位繼承人在艱辛的路上獨行。

王小軍喃喃地說了一句話，像是對身邊的胡泰來說的，又像是在自言自語：「從現在開始，我就真的是一個門派所有的未來了！」

三個人出了劉老六的房門沒走兩步，就看見破破爛爛的大門，虎鶴蛇形門的大門是兩扇木頭做成，以前很有些古意和柴扉的意思，如今其中一扇被王小軍拍得支離破碎，就像掉了門牙的大豁子嘴似的。

胡泰來衝大武抱拳歉意道：「對不住了武兄，這次是我們魯莽了。」

大武不冷不淡道：「三位武功高強，在我們虎鶴蛇形門想來就來，想走就走，一扇門算什麼？」

胡泰來鄭重道：「武兄真讓胡某無地自容，這樣吧，我這就找人來修。」

大武見他語氣誠懇，這才揮手道：「不必了，你們走吧。」

走出巷子，唐思思抱怨道：「區區一扇破門你跟他道的什麼歉，打了就打了！」

胡泰來道：「話不可能這麼說，這次本來就是咱們冤枉了人家，一碼是一碼。」

王小軍出了半天神，這時忽然道：「思思，你會從網上訂票吧？我和老胡得趕緊奔峨眉了。」

唐思思失笑道：「門是你打的，你倒像沒事人一樣。」

王小軍瀟灑道：「反正人都打過了，你就算賠一扇金門給他們，人家最後還是要找你算帳的，我才不糾結呢。」

……

回到鐵掌幫，王小軍在屋裡收拾行李，唐思思就在門口跟他和胡泰來彙報：「你們是想坐飛機還是火車？這地方去成都的飛機只有隔天有，今天的已經飛走了，也就是說後天才能飛，而且未必有票。」

「火車呢？」王小軍道，「要最快能到的。」

唐思思道：「有一路中轉的下午經過本地，還有一班是晚上十一點多首發，後天早上到成都。」

王小軍想了想道：「坐晚上那班吧。」

唐思思訂了票，三個人收拾好行李，無所事事地半倚半靠在臺階上。

王小軍氣鼓鼓道：「為什麼我好像有種喪家之犬的感覺呢？」

「太憋屈了！」

王小軍忽然爬起來在抽屜裡翻了半天，手裡捏著一張賓館的名片道：

「你倆待著別動，我去辦點事就回來。」

胡泰來目光如炬道：「你是想找余二他們報仇吧？你打不過他們的！」

「不試試怎麼知道？劉老六未必什麼都知道，我覺得他們肯定有解藥。」王小軍忿忿不平道：「打不過給揍一頓也好，大不了咱倆一起中毒，一起上峨眉！」

「小軍……」

胡泰來還想說什麼，被王小軍揮手制止，他堅定道：「就這麼說定了，思思，如果晚上我還沒回來，你就送老胡上火車！」

胡泰來起身道：「我跟你去！」

王小軍道：「你的手比上次還慘呢，去了能幹什麼？」

胡泰來微笑道：「我左手還可以的！」

唐思思把行李裡的東西都倒在地上，然後從花壇裡找了一堆小石子往裡裝，邊裝邊道：「你們兩個真是瘋了！」

王小軍恐慌道：「思思你幹什麼？」

「我也跟你們一起瘋！」

王小軍知道是甩不脫這倆人了，不禁苦笑道：「為什麼我每次打架，身邊都帶著一個半殘疾，還有一個累贅？」

胡泰來笑道：「可是有我們在，你還從來沒輸過。」

王小軍道：「咱們三個會不會成為那種——號稱對方一個人也是咱們三個人上，對方一百個人也是三個人打的組合啊？」

唐思思咯咯笑道：「我看也沒什麼不好。」

王小軍小心翼翼道：「對方要是真有一百個，你倆不會真那麼死心眼吧？我先聲明，我可是會跑的！」

·第七章·

貓抓老鼠

「這招就差遠了，你這樣的都能在鐵掌幫排第五嗎？」

王小軍剛想反唇相譏，兩個肩窩被余二輕描淡寫地各戳了一下，頓時痛入心扉，知道自己和對方功夫差得太遠，余二這是要學貓抓老鼠，把敵人戲耍個夠才收網。

三個人一出大門，就見曾玉從車裡冒出頭來道：「去哪兒，我送你們啊？」

唐思思崩潰道：「不是讓你回家去嗎？」

曾玉溫柔道：「我這不是在家門口？」

「我讓你回老家去！」

曾玉霸氣道：「你不跟我走，我哪兒也不去！」

王小軍這時忍不住道：「我說老曾啊，你泡妞能不能統一一下風格？一會兒暖男一會兒霸道總裁的，容易分裂吧？」

曾玉攤手道：「總得每樣都試試才知道她吃哪套——這次你們誰指路？」

青城派五個人住的地方離市區很遠，是個遠看有山有水，近看全是垃圾場的近郊地區。

曾玉把車停在路邊，懷疑道：「你們來這種地方幹什麼？」

唐思思衝他溫柔一笑道：「你先回鐵掌幫等我，晚上回去我有好多話要跟你說。」

曾玉受寵若驚道：「是！女神大人！」隨即一溜煙跑了。

胡泰來問唐思思：「你這是什麼意思？」

唐思思面無表情道：「我看鐵掌幫咱也回不去了，正好調虎離山，不然他非跟著我上峨眉不可！」

王小軍詫異道：「你也要跟我們走？」

「難道你倆想扔下我自己上峨眉？」

「你不跟陳長亭學做菜了？」

唐思思道：「事有輕重緩急，陳老師應該會體諒的。」

胡泰來感動無比地道：「思思……我沒跟你說我要走，是不知道該怎麼說……」

唐思思擺手道：「廢話少說，走，打架去！」

三個人勾肩搭背，大模大樣地走進旅館大廳。

老闆是個瘦瘦小小的猥瑣中年人，正在一邊摳腳一邊在電腦上看劇，見兩男一女走進來，嘿嘿淫笑道：

「三位開房啊？」

「我們找個姓余的，跟他一起的還有四個人。」王小軍道。

「哦，你們找人啊。」老闆失望道。

但作為荒村野店的負責人，他沒有任何警惕，拿起一個本子翻了翻：

「姓余的在二〇六。」

王小軍帶頭上了樓很快找到二〇六，他貼著門聽了聽，裡面傳來電視的聲音。

王小軍壓低聲音道：「擒賊先擒王，我衝進去先拿下余老二，你倆機靈點，要是看形勢不對就跑！」

唐思思緊張攥著一把小石子道：「你怎麼進去？」

王小軍摘了手套，在門鎖上比劃了兩下往裡一按，「砰」的一聲像開紅酒似的，那門鎖被整個拍飛進去，原來的位置上只留下一個圓孔，如同被身經百戰的特警部隊用撞門錘撞過一樣。

王小軍大喝一聲撞進屋裡，張牙舞爪地要跟人拼命，不想屋裡卻空無一人，只有電視開著。

「習慣真差，人走了不關電視。」王小軍罵道。

胡泰來檢查了一下廁所也沒有人，唐思思道：「現在我們怎麼辦？」

「余老二，你給我出來！」

王小軍跳到走廊裡喊了幾聲，不但不見青城派的人，連閒雜人等也沒一個。

「咱要不看會電視等等他們？」王小軍徵求倆人意見。

胡泰來果斷地道：「是非之地不宜久留，萬一老板報了警，光那門你也說不清。」

唐思思忽發奇想：「搜一搜有沒有解藥？」

她在抽屜、床頭櫃裡翻起來。

胡泰來尷尬地道：「咱們是來比武，不是入室盜竊，這……不大妥當吧？」

「不是我說你，老胡，你什麼時候才能有正確的三觀啊？」

胡泰來愕然道：「我怎麼三觀不正了？」

王小軍這會兒跳到床上，撩開被子抖擻著道：「余老二是咱們的敵人，對敵人仁慈就是對自己惡毒，再說，大丈夫不拘小節嘛。」

他話音剛落，一本薄薄的冊子從被子裡掉落出來，既沒封皮也沒封底，看紙質像是自己用寫字本釘在一起的。

「老傢伙在被窩裡拿什麼助興呢這是——」

王小軍撿起來翻了幾頁，見上面全是手畫的小人圖稿，偶爾有潦草的字跡作補充，跟自己當初看的鐵掌三十式形式差不多。

王小軍樂道：「喲，還是本武功秘笈呀。」

胡泰來接過來，端詳了片刻道：「這應該是青城派的入門功夫，而且是套掌法。」

「你拿著吧，思思你那有什麼發現嗎？」王小軍問。

唐思思搖了搖頭。

三個人一無所獲，只得又從原路下樓。

剛到大廳就見大門外走進來五個人，當先的老者背著手悠然自得，後面四個青年手裡都提著東西，有衛生紙速食麵，洗漱用具還有一些雜七雜八的生活必需品。正是余二和青城四秀。

兩撥人走個對頭都是一愣，王小軍看看青城四秀手裡的東西，愕然道：「生活這麼艱苦呢？」

余二三角眼一翻道：「怎麼光是你們，王東來呢？」不禁驚疑地四下張望。

王小軍笑嘻嘻道：「上回沒打過癮，我這次專程來找你們補上一架！」

余二身後一個拎著一堆滷蛋、花生等零食的青年喝道：「就憑你？」

「呃，你是老幾來著？」

那青年道：「我是阿一！」

他報完名，王小軍很快就瞧出了他們的名次——余二身分最高，所以手裡什麼也不用拿；阿一只簡單拿了些零食，阿二和阿三手裡都提著一個塑膠袋，再看阿四就慘多了，所有零碎的東西、衛生紙都是他一個人連抱帶提，明顯是最沒地位的一個。

王小軍摩拳擦掌道：「原來是青城派的頭馬，那我就先拿你開刀！」

阿一冷笑道：「連王小軍都不是阿四的對手，你算老幾？」

王小軍掰著指頭數了數道：「要按你們青城派的演算法，我算鐵掌幫的老五。」

阿一放下零食，拉個架勢道：「那我就抬舉抬舉你，讓你這個老五破格領教一下我這個阿一的本事！」

櫃檯裡的瘦老闆這會看劇正看到緊要關頭，大廳裡的爭吵聲搞得他煩躁不已，一拍桌子怒道：「打架外邊去，不然報警！」

瘦老闆說完這話，發現所有人都對他怒目而視，他義憤填膺道：「還讓不讓人好好看劇了？這邊腦漿都打出來了你們那還吵吵！」

王小軍小聲對阿一道：「咱倆外邊打去！」

一群人來到賓館外面的空地上，余二對胡泰來沉聲道：「王小軍，你爺爺再不出現，你這隻手可就保不住了！」

事到如今，他仍然以為胡泰來是王小軍，又見他手腕漆黑一片，故意恐嚇道。

王小軍喝道：「把解藥拿出來！」

阿四得意洋洋道：「中了我的青木掌，世上無藥可解，難道你也想試試？」

王小軍伸手一指他道：「好，那就先從你來！」

「誒？」阿四不禁愕然。

余二冷冷道：「阿四，那你就再用青木掌教訓教訓他。」

阿四把手裡的大包小包都放在地上，上前叫囂道：「來啊！」

胡泰來拽住王小軍，低聲道：「小軍，你不要用掌，就用我教你的黑虎拳和他打，再有——當心他掌上的毒。」

王小軍知道他始終是擔心自己的鐵掌會走火入魔，點頭道：「好！」他剛要上前，又退回來對唐思思道：「你可別幫倒忙啊！」

唐思思只好把握在手裡的小石子又都放回包裡。

兩人往前一步，阿四毫不猶豫地朝王小軍拍出一掌，與上次和胡泰來動手時的謹慎大相徑庭。他和青城派的所有人都誤把胡泰來當成王東來的孫子，又見王小軍年輕不少，都以為他是鐵掌幫裡無名無姓的小腳色，所以阿四想一掌奏效。

王小軍把雙手笨拙地捏成拳頭，見對方掌來了，心裡雖然有了初步的應對之策，但那是基於用掌的基礎上，胡泰來一共就教了他個把小時的拳，這兒一興奮也全拋在九霄雲外，只是像普通人打架一樣把拳頭迎了上去。

「砰！」

阿四被震得退了幾步，王小軍拳頭也很不舒服，揉著手皺著眉。

「臭小子還有幾分蠻力嘛。」阿四輕蔑地嗤笑了一聲又撲了上來。

他嘴上這麼說，心裡知道此人不能硬碰，當下展開輕快的步伐要偷襲王小軍的空檔，王小軍努力回憶著胡泰來教他的功夫，最終就是一通亂掄，偶爾也有像模像樣的招式，不過別說跟胡泰來比，連藍毛都差遠了。

胡泰來看著王小軍的「英姿」，臉上立時三條黑線：「哎呀，這拳……嘖嘖……」

唐思思忍不住問：「你到底想說什麼，是壞還是好？」

「不能用好壞評價，簡言之，我看他這麼使拳還不如用腳。」

唐思思幾乎噴出血來，讓一向厚道的胡泰來說出這樣的話來，可知他的內心有多崩潰。

余二看著王小軍這典型的三腳貓把式，一絲譏笑浮現在嘴角，鐵掌幫從前聲名赫赫，現在的弟子卻越來越不像樣，他除了幸災樂禍之外，也不免有些感慨。

但這種感慨保持了幾十招之後，終於也變成了怒意——王小軍那麼胡掄，阿四居然久戰不勝，青城四秀現在在江湖上如日中天，和一個小丑這麼撕扯成何體統。

余二怒道：「阿四，十招之內你再不把他打趴下，你就去當阿五阿六吧！」

阿四臉色大變，青城派裡的阿五阿六著實和阿貓阿狗也沒多大差別，余二這是要把他開除出四秀的隊伍，想到這，當下施展開生平絕學，兩隻手掌像輕機槍一樣掃射起來。

王小軍這半天的憋悶只比他多不比他少，阿四的快掌在他眼裡明明毫無奇特，可就因為用的是拳，處處掣肘，

就像本來用慣了倉頡輸入法，現在非得用拼音，還只讓用兩根指頭，面對阿四自以為是的步步緊逼，王小軍終於也失去了耐性，就在阿四的手掌眼

看要拍中他的胸口之際，他沉聲道：「看掌！」

他拳頭一展化作掌形，借著心裡這口惡氣猛然拍了出去。

「砰——呼——」

阿四被打飛出去十幾米，人在落地之後又滾出去幾米，他踉蹌而起，接著神色大變，左手抱著右掌嘶聲道：「師叔——救命！」

再看他右手手腕，儼然和胡泰來一樣變成了漆黑一片。

王小軍一掌打完，慢慢收了架勢，周身都煥發出一種熠熠的神采。

胡泰來嘆氣道：「究竟術業有專攻，使掌的最終用不了拳——你的手沒事吧？」

王小軍看看手掌，嘿嘿一笑道：「沒事，比以前更白皙柔嫩了。」

看來劉老六說的沒錯，阿四掌力不及王小軍，最終受了青木掌的反噬。

王小軍雖然只出了一掌，余二仍能感覺得到這才是原汁原味的鐵掌。

余二驚訝地看著王小軍道：「你到底是誰？」

王小軍一笑道：「我不是說了嗎，我是鐵掌幫裡的阿五，你就叫我王阿五吧。」

阿四連滾帶爬地撲倒在余二腳邊，驚慌失措道：「師叔救我！」

王小軍道：「你真的不打算救他嗎？」

余二厭惡地踢開阿四，冷笑道：「你要想用這種辦法騙我拿出解藥那你就錯了，青木掌之毒除了本派掌門無人能解，王小軍的爺爺不出現，他孫子的命就要保不住了——阿二，你去會會這小子！」

阿三越眾而出道：「是，師叔。」

他手裡提著一些洗漱用品，先穩妥地放好，這才來到王小軍面前道：「請！」這個請字說明他收起了輕慢之心。

話說青城四秀裡，阿一阿二負責裝酷，阿四形同苦力，而上次到鐵掌幫負責介紹青城四秀、和王小軍對話最多的就是這個阿三，看起來也是四個中心思最細密的一個。

阿三見余二神色惱怒，明白要想取悅師叔就必須快點拿下王小軍，於是也不多說，這回他用的是一路拳法，他天資聰明，看出王小軍掌力剛猛，不過運用卻顯生澀，便取長補短，仍用靈巧克敵，兩個人以快打快，瞬間就過了十幾招。

胡泰來看了片刻便面有憂色，不禁由衷道：「青城派名不虛傳，想不到拳法也如此精妙。」

唐思思不安道：「那你說小軍到底能不能贏？」

「兩人風格迥異，但總體來說半斤八兩，要看誰更耐得住了。」

胡泰來話音未落，佘二已經沉著臉道：「阿三退下，阿二上！」他始終認為王小軍不過是個無名小卒，不願意和他纏鬥，所以誓要快速拿下對方。

阿三惶恐地退下，阿二幸災樂禍地看了他一眼，這才飛身撲向王小軍。他用的也是掌法，不過卻不是青木掌，只是一旦換回掌法又遂了王小軍的心，眼見阿三還能僵持不下，阿二卻處處避退，鐵掌三十式每一招都霸道至極，打出時有股義無反顧的氣勢，阿二掌力未必不及王小軍，但竟然漸漸相形見絀。

佘二不禁被氣昏了頭腦，他喝道：「阿二退下，阿一上！」

「呸，不要臉！」

王小軍清楚自己陷入了車輪大戰，但又無可奈何，罵了聲，直接搶先對阿一發起了攻擊。

「嘿，有點意思！」

阿一接住王小軍，畢竟是青城一哥，不一時掌法拳法腿法逐一施展了出來，而且明顯佔據了上風。

但這種場面顯然也不是余二想要的，他索性道：「阿二阿三一起上！」

這一下徹底打亂了套，青城三大高手混戰王小軍一個，余二就是要看看他這隻駱駝最後一根稻草的極限在哪裡，但結果讓他大跌眼鏡——王小軍在三人中穿插往來，居然挺了幾十招還能堅持。

其實王小軍這會兒內心叫苦不迭，嚴格說來，三個對手中，任何一個眼界、經驗都比他高明百倍，武功也絕不在他之下，尤其是阿一更有著隨時能結束戰鬥的能力，他以一打三，其中的艱辛只有自己知道，這是一場不能出任何紕漏的仗，只要一著不慎就會引來滅頂之災。

但他同時也覺得十分暢快，自從他打完二十七萬掌練成第一重境之後，基本上就沒遇到過功力相當的對手，手掌失去知覺後，更是連生活起居也得小心翼翼，能肆意地揮舞手掌而傷不到人對他來說，是一種發洩和痛快，如果是平時他必然大呼過癮，無奈此刻是生死相搏。

胡泰來從背包上扯下一根帶子，把右手手腕緊緊纏住，對唐思思道：

「我去助小軍一臂之力！」

唐思思忽然緊張地拉住他道：「等等！」

「還等什麼？」胡泰來不解地問。

唐思思摸出一把石頭子，不好意思地說：「我想……先丟個暗器！」

唐思思說扔就扔，一簇石頭子劈裡啪啦地射出來，那邊青城三秀眼看就要拿下王小軍，正專心致志地圍著他進攻，正好露給唐思思三個後背，就聽「哎喲」「啊」的慘叫聲不絕於耳，青城三秀的後背全給打得疙瘩遍起。

王小軍叫道：「你倆還不快跑？」

唐思思打石子的手法落入余二眼中，精光一閃冷笑道：

「光知道唐門大小姐就在此地，原來近在眼前——你們三個廢物去抓那小妞，這小子交給我來！」

青城三秀不敢違拗，一起退後，余二緩緩走到王小軍身前，道：「看你是晚輩，讓你三招。」

王小軍和人劇鬥之後通體汗透，喘著氣道：「你好大的口氣——有種讓我五十招！」話音未落已經一掌拍來。

他見此時形勢已如同全軍覆沒，還希冀著能拖住最強的余二，給胡泰來和唐思思創造機會逃走。

余二一愣之後，明白王小軍是在耍嘴炮，嘿然道：「鐵掌幫的弟子現在不練鐵掌，都改練鐵嘴了嗎？」

他左躲右閃避開王小軍三掌，這才背著一隻手撩撥化解著他的攻擊，一邊評論道：「嗯，這招還不錯，還差三寸就能挨著你余二爺的邊了。」

「這招就差遠了，你這樣的都能在鐵掌幫排第五嗎？」

王小軍剛想反唇相譏，兩個肩窩被余二輕描淡寫地各戳了一下，頓時痛入心扉，知道自己和對方功夫差得太遠，余二這是要學貓抓老鼠，把敵人戲要個夠才收網。

青城三秀得了命令去抓唐思思，一時卻沒人動手，他們三個自命不凡，對方只是個年輕姑娘，抓住了也不露臉，萬一出點岔子，更是貽笑大方，於是三個人你看看我，我看看你，默默玩起了三個和尚沒水吃的把戲。

胡泰來忽然上前一步道：「阿三兄，我想領教領教你的拳法。」

阿三愕然道：「你？」

在他們眼裡，胡泰來身受重傷，是早已被忽略的對象，沒想到對方還敢主動挑戰。

阿一和阿二幸災樂禍道：「人家叫板呢，你去吧。」

阿三莫名其妙地搖著頭，最終也只能和胡泰來戰在一處。可一交上手，就知道自己啃了塊硬骨頭，對方雖然只有左拳能用，但似乎抱定了玉石俱焚的決心，招招兇狠形同拼命，阿三自然不願意和他兩敗俱傷，胡泰來竟然越戰越勇，得理不饒人起來。

阿一這會兒捅捅阿二，衝唐思思揚了揚下巴，意思是要他去對付唐思思，阿二沒辦法只好道：「小姐，只要你不反抗我不會傷害你的。」

唐思思使勁往後蹦了幾下道：「你敢過來，把你射成篩子！」

她順手抓出一把石子丟了過來，阿二一邊躲閃，一邊快速接近唐思思，他有了防備，這些暗器就很難傷他，不過到底是束手束腳，唐思思一把一把往出丟石頭，手再伸進包裡時，裡面已經空空如也，她心往下一沉，當即拉了個架勢，正是唐家的擒拿手。

這會兒的局面對王小軍他們來說，可以用大勢已去形容，余二變本加厲地調笑著王小軍：「你師父教你功夫的時候，是他睡著了還是你睡著了，喲喲，這招挺狠呀。」

那邊阿三對戰胡泰來也很快就占了上風，他武功比胡泰來高出不少，剛才也只是忌憚他拼命，不過沒用十幾個回合就牽扯得對方有力使不出。

阿三看準破綻，「啪」的一拳將胡泰來的左臂打脫了臼，但他沒料到胡泰來冷不丁用腦袋撞了上來，阿三得意洋洋之際全無防備，被撞得七葷八素，在原地轉了幾個圈才勉強站穩。

阿二哂笑道：「老三，這下你可丟人了啊。」他已經把唐思思提了起來，原來唐思思只會擺架子，卻不會什麼擒拿手。

胡泰來雙臂不能發力，站在那裡就像個活的靶子，阿一想撿個現成的便宜，阿三則是報仇心切，兩人一前一後突襲而來，同時下了殺手！

就在這時，一道倩影冷不丁斜切過來，以單掌逼退阿三，轉身用雙掌在阿一面前一晃一突，阿一不知對方底細，也退了出去。

這人在胡泰來身邊站定，柳眉倒豎，脆聲道：「不要臉，兩個打一個受傷的人！」

正是段青青。

王小軍叫道：「你還沒見他們剛才三個打我一個呢！」他心裡一喜一憂，喜的是來了幫手，憂的是怕段青青多半也不是余二的對手。

阿一喝道：「你是什麼人？」

他見對方身形飄逸掌力沉厚，以為是來了前輩高人，沒想到竟是一個俏生生的姑娘。

王小軍道：「你們現在跑還來得及，這是我們鐵掌幫的段阿四！」

余二見對方來了援軍，便停手後退了一步，高聲道：「鐵掌幫的王東來老爺子來了嗎？」

王小軍聽他口口聲聲喊爺爺的名字，知道他其實對爺爺極為忌憚，正想嚇唬他一下，段青青道：「打你用得著我師父嗎？」

唐思思被阿二抓住後衣領，一動也不能動，高聲喊道：「青青救我！」

「給我放開！」

段青青怒喝一聲拍向阿二，阿二故作瀟灑地以單掌迎擊，不料段青青這掌是虛招，另一隻手在阿二的胸口拍了一下，阿二蹬蹬蹬往後退了幾步，連帶把唐思思也扯得倒出去一截，這一下雖沒受多重的傷，但他不禁駭然。

阿一樂道：「老二，你這算憐香惜玉嗎？怎麼，看人家姑娘漂亮就走神啦？」

「你也不是好人！」

段青青雙掌一舞已經折向阿一，阿一想不到這姑娘性子如此火爆，只得拆招換式地跟段青青動上了手，阿三本想退在一邊看好戲，段青青看他來氣，玉掌一翻向他攻出一招，等於是強把他拉進了戰局。

這樣一來，又成了段青青獨戰青城二秀，王小軍剛想上前幫忙，段青青抽空對他一擺手，她邊打邊對青城三秀冷嘲熱諷，字字句句挖苦阿一和阿三合手欺負一個傷殘病人。

她身段靈活之極，本來她以一敵二並不占上風，但靠著敏捷的步伐，往往能在千鈞一髮之際扭轉不利局面，剛猛的鐵掌硬是被她打出了幾分仙氣。

阿一和阿三在胡泰來的事上本來就心懷鬼胎，段青青口舌便給，把兩個人數落得面紅耳赤，再加上久鬥一個小女孩不下，心裡的惱怒漸漸升級，兩個人交換個眼色，竟是要下殺手。

王小軍眼看小師妹再撐下去也未必能有善果，正要上前替她，就聽一個渾厚的聲音道：「師妹，師父教你功夫的時候，沒教你要尊重對手嗎？」

接著，一個中年禿頂的胖子邁步走過來，他穿著灰白色的夾克，手裡還拿著手機，看樣子是剛打完電話，正是鐵掌幫的大師兄王石璞。

王石璞走到阿二身邊，抓住他的後脖領子一拋，阿二便被遠遠摔出，眾人都沒見他如何動手，阿二就已經飛起來，就如同是個絨毛玩具，毫無反抗的跡象。

王石璞再往前走幾步，雙掌一錯分別接住阿一和阿三，這兩人和他手掌一碰，都被震得倒退出去一大截，而王石璞則顯得輕描淡寫，就像分開兩個打架的小朋友。

他接著來到胡泰來跟前，抓住他的左臂一提，已經幫他上好了胳膊。這才笑咪咪地來到余二面前。

王小軍驚喜道：「大師兄，你怎麼也來了？」

余二瞳孔一縮道：「你是什麼人？」

這胖子一來就分別給青城三秀吃了苦頭，自己竟然還看不出對方的深淺，從王小軍的稱呼來看，應該是鐵掌幫的大師兄，他心裡稍定，既然是小輩，他還是有把握能對付得了。

王石璞樂呵呵道：「段阿四都來了，王阿三還會遠嗎？」

王小軍無語道：「大師兄你不厚道啊，剛才你明明就在這兒，為什麼不早出手？」

王石璞無辜道：「我和青青真是剛來，不過我接了個電話的工夫，這丫頭就衝上來了——」王石璞扭頭又對段青青道：「我還是得說你，切磋就切磋，該尊重對手還是要尊重，有的沒的說一大通幹什麼？」

段青青癟了癟嘴，不過大師兄既然擺架子教訓師弟師妹，她也不好不給他面子。

「他們可不是什麼對手，是敵人！」

王小軍簡短地交代了青城派的目的和作為，王石璞越聽臉色越沉，尤其聽說胡泰來中了青木掌的毒手之後，更是有了幾分怒色。

他徑直來到余二面前，沉聲道：「冤有頭債有主，青城派想找我們鐵掌幫的晦氣，直接來找我就行，這位胡朋友卻是黑虎門的，還請余二先生先替他解了毒。」

余二疑惑道：「他不是王小軍嗎？」

王石璞回頭道：「小軍，你是怎麼騙了余二先生這麼長時間的？」

余二這會兒恍然道：「沒錯，這小子用的才是道地的鐵掌，倒是我一開始就看走眼了。」

「那麼余二先生同意解毒了嗎？」

余二冷笑道：「廢話！既然是鐵掌幫的朋友，那就是一樣的，王東來只要一天不出現，我就把鐵掌幫所有人都種上毒，我看王老頭到底還要不要他的孫子和徒弟！」

王石璞道：「看來只好跟余二先生切磋一下了。」

余二輕蔑道：「看你是晚輩，我讓你三招！」

「不必不必。」王石璞嘴上這麼說，在原地拍出三掌，為的是不占余二的便宜，表示三招已經讓過了。

「這是你自己找死！」

余二飛身上前和王石璞戰在一起，他用的也是套掌法，光架勢看著就比鐵掌三十式繁複和精密，余二想要賣弄本事，一雙手掌上下翻飛，打得十分好看。

再看王石璞，他就是簡簡單單地用那幾掌來化解，也不管余二怎麼打，總之就是幾掌之後就向前一步，幾掌之後再向前一步，余二被漸漸逼得退出老遠，手掌翻得好看，可有了氣急敗壞的樣子。從外表上看，王石璞顯得木訥而又漫不經心，對余二的表現更是不聞不問。

·第八章·

面具人

王小軍見段青青被面具人拋了出來，王石璞和余二苦苦力戰，那面具人半分便宜也不讓，這會兒正發狠地盯著自己的車走遠，一副遺恨無窮的樣子。

王小軍驚詫莫名道：「好厲害的『豬八戒』，我什麼時候得罪過這樣的人？」

兩個人過了沒二十招，連唐思思這樣的外行也看出王石璞占盡了上風，不禁道：「大師兄好威武。」

王小軍也是心裡一塊石頭落了地，他本來擔心大師兄如果也不是余二的對手，那可就真的全軍覆沒了。

王小軍這才問段青青：「你和大師兄怎麼來了？」

段青青嘿然道：「你踢了人家虎鶴蛇形門的場子，大師兄尋思他怎麼也該露個面替你擦擦屁股，我們找東找西，都找不著你的人，最後還是你用過的專車司機把我們帶到這來的。」

「我的專車司機？」

王小軍順著段青青來的方向一看，見曾玉剛好探出頭來，遠遠地衝自己等人打招呼。

「沒想到這小子還立了一功。」王小軍嘆道。

段青青瞪著青城四秀道：「青城派好大的野心，居然想滅了我們鐵掌幫！」

「青青，你以前知道武協和六大派嗎？」王小軍問。

段青青搖了搖頭：「看來師父並不想讓我進武協，所以一個字也沒對我提起過，我現在好奇的是：大師兄不知道是不是武協的會員。」

胡泰來忽道：「我想你們的大師兄應該是，我之前一直納悶他怎麼會見過我師父，現在看來，他們就是在武協裡見過。」

王小軍點點頭：「有道理，想不到我爺爺這麼偏心，連親孫子都不告訴。」

唐思思道：「一會兒大師兄抓住余二逼他交出解藥，我們就不用上峨眉了吧？」

段青青納悶道：「你們上峨眉幹什麼？」

說話間，王石璞和余二又過了十幾招，眼瞅余二已漸漸沒了還手之力，王石璞的電話響了，他想也沒想地用一隻手接起，另一隻手來回劃拉敷衍著余二。

「喂，小劉啊，你什麼事？哦，一個社區的居民和自來水廠起衝突？自來水廠為什麼不給人家供水了呀？哦，有幾戶人家一年多沒交水費啊，那也不能把全社區的水都停了呀，再說，不是早就分戶供水了嗎？什麼，這是個老社區啊……」

王石璞一邊和余二交著手一邊打電話，難得的是從他講電話的內容就能推斷出究竟出了什麼事，不但條理清晰，還留下了懸念，別說別人，就連青城四秀都好奇他接下來要怎麼處理。

余二也是萬分氣惱，對方簡直視他如無物，他自矜身分，想要罷手，王石璞卻向他擺擺手：「你打你的。」

他和小劉說了幾句，收了線後，又撥出一個電話，「喂，李廠長啊，我是王石璞，是的，我就為了這事給你打的電話，你不能為了幾戶人家就把全社區的水都停了呀！」自始至終都用單掌和余二過招。

王小軍看到這兒再也忍不住了，崩潰道：「大師兄，這就是你說的尊重對手啊？」

王石璞和李廠長說了半天話，費了不少口舌，才讓李廠長答應恢復供水，這才終於鬆了口氣。

他收起電話，聽王小軍在那兒叫喊，滿臉嚴肅認真道：「我要不打這個電話，就有一個社區的人吃不上水，你說重要不重要？」

王小軍無語道：「你是大師兄，你怎麼說都有理。」

王石璞又騰出一隻手來，余二的敗象已經很明顯，利用二人一錯身的空檔，余二怨毒地掃了邊上的青城三秀一眼。

阿一悚然一驚，心想壞了，師叔今天出了大醜，自己等人親眼目睹，萬一以後洩露出去，肯定跑不脫被打擊報復，而自己三個人最大的錯誤，恐怕就在於沒有和師叔一起共進退，以余二的身分，喊幾個人幫忙這種事肯定不能幹，於是就到了自己表忠心的時候了，阿一振臂一呼：「一起上！」

然而青城三秀的加入並沒有絲毫扭轉局面，王石璞的掌法每一招、每一式都清清楚楚，大大方方，霸氣盡斂之後，有股堂正之氣，正如他的年紀和地位那樣，不惑又嚴謹務實。

唐思思大聲道：「大師兄加油，你一定要讓余老二交出解藥呀。」

王石璞先回手一掌，和阿三撞在一起將其打飛，又在阿二肩頭印了一掌，讓他晃晃悠悠自己出局，最終雙掌一起格中阿一的小臂，阿一不等對方力道催發，自己先腳尖點地往後使勁躍去，所以他看似被拍得最遠，其實受傷最輕。

青城三秀心中早生怯意，這時也只是在盡人事而已，余二口乾舌燥神情惶恐，有心要認輸，又知這不是平時的比武切磋，最終也只能勉力支撐。

王石璞道：「余二先生，只要你答應給那位胡朋友解毒，我絕不過分為難你。」

余二只覺對方每一次出掌都壓得自己呼吸急促，看得出王石璞確實是手下留了情，不自覺道：「青木掌的毒，真的只有我師兄能解，你不信我也沒辦法！」

這已是變相求饒。王石璞左掌輕輕一撩，趁余二跳躍躲閃之際把他半空攬下，右掌別住他的雙臂道：「我敬你是前輩，你可別騙我。」

余二氣喘吁吁道：「我若有解毒的本事，豈能被你輕易抓住？」

王石璞道：「那我只有得罪，搜一搜你的身了。」

余二苦笑道：「我們就靠著這個逼王東來妥協，難道會隨身裝著解藥讓你們搶嗎？」

這個道理劉老六想到了，王小軍他們也都懂，但這已是唯一希望，王石璞伸手探進余二的口袋摸索著，王小軍不自覺地上前道：「有沒有？」

這當口，他們誰也沒發現賓館的樓頂上有人窺探，這人已經靜坐在那裡良久，此時靜靜地把一個小孩子玩的豬八戒面具戴在臉上，腦袋朝下直直地跳了下來。

他單拳在前，照著王小軍的位置砸來，目的極其明確就是要抓住王小軍！

在場的除了王小軍和唐思思，都可謂高手，那人一出現已多半警覺，王石璞鬆開余二，一手把王小軍拉在身後，右掌向上托住了那人的拳頭。

兩人用的都是極其剛猛的招式，而且是一天一地地對撞，然而一撞之下卻悄無聲息，王石璞像顆釘子被砸得雙腳全踏進土裡，那面具人則輕飄飄地掠了出去。

王石璞臉上變色道：「什麼人？」

余二以為來了幫手，興奮之餘喊道：「師兄，是你嗎？」

不料那面具人不由分說就是一拳砸來，余二用巧力撥擋，還沒看清對方怎麼變的招，臉上已經火辣辣地吃了一個嘴巴。

那人撤手，繼續向著王小軍的位置衝過來，王石璞大驚，他快速拔腳，雙掌齊發要攻敵之必救，沒想到對方還是快了一步，拳頭眼看就要打中王小軍小腹，王小軍滿臉茫然地揮了一掌，拳掌相加發出「空——」的一聲巨響，整個人像被上了發條一樣不住倒退，同時只覺手掌連帶著手臂就像打在一塊幾十噸重的鐵坨子上。

自他練成鐵掌第一重境以來，這還是他第一次被人用蠻力打得這麼狼狽，而且看樣子對方還沒使出全力。那面具人眼裡也露出了難以置信的神情，緊接著是無限的懊惱！他低聲咒罵著，也不知為什麼這麼暴躁。

這時，阿一就在面具人邊上，他見來人難分敵友，便自作聰明地明哲保身沒有動手，不想那面具人抬手給了他一個嘴巴，隨即又一招把王石璞逼退幾步，見阿二擋住了自己的去路，如法炮製地也抽了他一個嘴巴。

面具人用低沉的聲音道：「青城派的雜碎，待會兒我再一個一個收拾你們！」

余二這時終於明白，面具人於鐵掌幫是不是敵人不好說，跟自己卻絕非朋友，他和王石璞對視一眼，都是又茫然又無奈。出於一種臨時的默契，兩人一起撲向面具人。

余二喝道：「還等什麼，都給我動手！」

他這句話不但是喝令青城三秀，也是提醒段青青——如果還不能同仇敵愾，必會全軍覆沒。

然而青城三秀這個級別的根本阻止不了面具人，他每一抬手就是一個響亮的嘴巴子，要不是不想傷人命，這三個早死了十次八次了。

面具人幾次突圍目標都是王小軍，幸好被王石璞拼命阻住，段青青一看情勢不妙，也飛身上場，本想借著輕快的身法拖住對方，結果只一招就被遠遠地送了出去。

「青青你沒事吧？」王小軍憂慮地問了一聲。

段青青一陣踉蹌之後，發現自己居然毫髮無傷，於是高聲道：「沒事！」

王小軍見那面具人只是惡狠狠地盯著自己，不禁抓狂道：「老兄，我跟你什麼仇什麼怨啊？」

「你別跑，讓我廢了你的武功！」面具人啞著嗓子急切道。

王石璞自然不能讓他突圍而出，當下穩住心神，把鐵掌三十式舞得密不透風，就像一枚加速的鐵球拱了過來，余二發現面具人主要目標是王小軍，有心投機，便要抽身逃走，面具人瞅著他怒氣更增，甩手又是兩個嘴巴。

本來余二全心應對未必躲不開，吃了這個苦頭之後再不敢有私心，全力配合王石璞對付面具人。

事發突然，從面具人出現，到把鐵掌幫和青城派的人都揍了一遍，也不過半分鐘的時間。

王石璞原本什麼時候都是一副泰然自若的樣子，這會兒也是滿頭大汗，勉強撐著扛了面具人兩拳，氣運丹田喝道：「小軍，你還不快跑？」

王小軍錯愕道：「我……」

余二跟著喊道：「走吧祖宗，這煞星想要殺人早就動手了！」到底薑還是老的辣，他已看出面具人主要是想活捉王小軍，他這麼喊倒不是真想讓王小軍逃脫，而是希望王小軍能作為誘餌把對方牽走。

段青青急切地一推王小軍道：「他說的對，你快走！」也加入了戰團。

王小軍一跺腳，一手一個拽著胡泰來和唐思思的手撒腿就跑，曾玉正愕然地朝這邊看著，王小軍邊跑邊喊：「不要命啦？快開車！」三個人鑽進車後座，曾玉反應也不慢，一踩油門便轟然衝出老遠。

王小軍扭頭回望，見段青青剛步入戰場又被面具人拋了出來，王石璞和余二聯手苦苦力戰，那面具人半分便宜也不讓，這會兒正發狠地盯著自己的車走遠，一副遺恨無窮的樣子。

王小軍驚詫莫名道：「好厲害的豬八戒，我什麼時候得罪過這樣的人？」

胡泰來也是頻頻回頭，唐思思道：「難道是虎鶴蛇形門的張庭雷來給弟子們報仇了？」

胡泰來道：「張庭雷是成名已久的耆老，怎麼可能用這種辦法報仇？再說，真是他的話，應該連我也捎帶上才正常，可這人好像只跟小軍有深仇大恨似的。」

曾玉道：「你想想最近有沒有禍害誰家女娃？」

「我又不是你——」

王小軍憂心忡忡地扭頭繼續觀望，意外地發現面具人已經甩脫身後眾人朝車子狂奔而來，心想大師兄他們能暫時脫險，還高興了一番。

胡泰來悚然道：「那人好快的身法！」

唐思思不用回頭，就見後視鏡上那張豬八戒的面具由遠而近，越來越清晰，也不見他腿跑得有多快，但身子就像被一根無形的繩索提著一樣，腿一彈就往前躥一大截，輕快敏捷如同頭頂有直升機配合。

「開快點！」

車後面三個人幾乎是同一時間狂喊起來，曾玉踩死油門，寶馬車轟鳴著從土路衝上柏油路，兩邊的樹木就像梯子一樣傳遞閃過，那人依然在公路上追了將近一分鐘才最終不見了。

王小軍心噗通噗通直跳，胡泰來和唐思思也都變顏變色，他們三個抱著魚死網破的決心來找余二他們決戰，剛才被青城派群毆，危在旦夕都沒慌過神，這會只覺得極度心寒。

「哇……跑了快兩百邁才甩了那傢伙啊！」曾玉這會兒也知道怕了。

胡泰來沉聲道：「這是真正的輕功，那人只怕比楚中石還要快不少！」

「你們現在去哪兒？」曾玉問。

不知不覺中，這會已經是月上西天，一看表都快晚上九點了。

唐思思小聲道：「咱們這就去火車站，然後直接上峨眉，那人再快也追不上火車，而且他肯定想不到我們已經買好了票。」

胡泰來點頭道：「這的確是最穩妥的選擇。」

王小軍眉頭緊皺，忽然道：「不行，我還不能走！」

「為什麼？」胡泰來和唐思思一起問。

王小軍支吾道：「我昨天和龐通約好了場子，十點鐘在義和樓門口幹架……」

胡泰來一愣，接著不悅道：「這樣的事你都沒跟我說，你還拿我當朋友嗎？」

王小軍嘿然道：「這麼說起來，咱三個誰也沒拿誰當朋友，不如就這樣散了吧。」

胡泰來哼了一聲道：「要散也行，等我陪你打完這架！」

曾玉聽了他們的對話，結合他們的處境，不禁道：「你們可想好了，自己都朝不保夕了，這當口還要幫人打架去？」

「你閉嘴！」唐思思道，她從小出生在武林世家，對諾言的分量有深刻瞭解，所以雖然曾玉說的都是實情，但唐思思就絕不會問這種話。

胡泰來自然明白王小軍瞞著他是因為原本他今天要去少林，王小軍是想讓他安安心心地走。

而這件事對王小軍而言很簡單，俠義、諾言都不在他的考慮之內，他想的是如果他不去赴這個約，龐通以後還會找謝君君的麻煩，而且會變本加厲，他不能變相害了謝君君！

三個人心思各異，車裡陷入了短暫的沉默。

曾玉一邊開車一邊賭氣道：「行，你們都是江湖兒女，是大俠，我就納悶了，老師從小沒教你們蠻幹和勇敢的區別嗎？從高臺階上往下跳就能證明自己比別人強嗎？」

胡泰來微微一笑道：「當然不能，可是如果你不跳就會有人受傷的話，那就是另一回事了。」

曾玉道：「你們可以報警啊。」

這時，他們已經來到距離義和樓還有一條街的距離，王小軍道：「停車！」

曾玉停下車道：「你們真的要去啊？」

唐思思下了車，又把頭探進車內，認真道：「你回家去吧，我們都是問題少年，你需要的是一個賢良文靜的少奶奶，我肯定成不了這樣的人。」

王小軍附和道：「就是，我們思思讓你娶回家去，還不得被欺負死啊。」

三個人下了車，在曾玉的瞠目結舌中，又勾肩搭背地走了。

王小軍看看表，現在正好離十點還差幾分，他遠遠地站在義和樓對面四下張望著，這個時間食客基本上都散得差不多了，街上除了偶爾馳過的汽車並沒有其他人。

王小軍道：「一會兒你倆機靈點啊。」

胡泰來道：「思思留在這兒，我們先去看看情況。」

兩個人鬼鬼祟祟地從暗處踱出來，不住地四下打量，王小軍故作輕鬆道：「說不定對方就是瞎咋呼，幾個小混混能叫多少人來——哇靠！」

他話沒說完，街兩邊人頭湧動，瞬間就把兩個口都封死了。

這些人都是二十來歲的後生，他們拿著棒球棍和砍刀，在手裡上下掂著，臉上掛著譏誚慢慢向兩人走來，人數起碼在一百以上……

「快跑！」王小軍拽了一把胡泰來，撒腿就要往前面小胡同裡鑽，胡泰來也是有點眼暈，亦步亦趨地跟在他後面。

「砍死他們！」

混混們當然早就觀察過地形，怎會讓他倆有機可趁——兩邊的混混們舉著刀棍飛撲而上，猶如千軍萬馬一樣殺過來。

「完蛋！」王小軍罵了一聲，眼瞅著唯一的胡同被十幾個混混擋住了，可這時也只能垂死掙扎往那邊衝。

他眼見三四把刀朝他劈來，下意識地一推最前面那個混混，那人本來立首功心切，忽覺痛徹胸口，然後自己很神奇地飛了起來，再然後就像顆保齡球似的砸倒很多同夥。

王小軍一掌拍出清空一條路，於是趕緊快手快腳地又拍倒幾串人，同時招呼胡泰來：「老胡，這邊跑！」

他等胡泰來鑽進身後的胡同，馬上手掌劈裡啪啦地一通亂拍，中掌者無不立刻仆街，混混們一時不敢上前，各自用武器試探性瞎捅。

王小軍見胡泰來已經跑了進去，轉身跟上，身後的混混們便立即蜂擁了進來。

這是一條非常窄的胡同，擺滿了各家各戶的自行車還有垃圾筐，胡泰來在前面跑得深一腳淺一腳，王小軍每每感覺身後有人貼上來了，就回身拍一掌，就這樣，離他最近的混混全都被拍地上了。

倆人就這樣邊跑邊打，身後留下一大串被打倒的混混。

王小軍前跑了十幾步忽然放慢腳步，擦了一把額頭上汗道：「老胡，我問你個問題。」

「你說。」胡泰來完全沒覺得這個時候問問題有點不合時宜。

王小軍認真道：「既然那群傢伙打不過咱倆，那咱倆為啥還要跑？」

胡泰來索性停下了腳步道：「說得是啊。」

王小軍道：「而且咱倆現在跑了，龐通以後還是得找謝君君。」

「主要是思思不知道咱倆什麼情況，肯定會擔心的。」

兩個人止住步伐面面相覷，忽然異口同聲道：「殺回去！」王小軍雙掌一錯，胡泰來一擺單拳，殺氣騰騰地順原路折返回來！

混混們眼見兩個人本來都已經跑了，這會突然又如同打了雞血一樣衝了回來，這個時候，觀察力的強弱就決定了一個人的前途——

有些人已經敏銳地觀察到：這兩人雖然都是汗津津的，但毫髮無傷，再看路兩邊已經成了擺設的同夥，大略就可以推測出發生了怎樣的悲慘事情，於是自覺地躲在邊上。

但是這樣的聰明人畢竟是少數，不少人被王小軍的巴掌和胡泰來的拳頭呼在馬路上。

唐思思眼睜睜看著兩個人被幾十個人追得逃竄進胡同，又看著那兩個原樣從胡同裡殺回來，有些意外，但還沒到驚詫的地步，她現在已經很瞭解這兩個人的脾性。

唐思思看看表，推斷出陳長亭這個時間大概還在義和樓裡，她緩緩走過街心，躲閃著那些被王小軍和胡泰來不斷打飛的混混們，進了義和樓的後廚，她要和陳長亭道個別。

唐思思走進廚房的大門，別的廚師都已下班，陳長亭正站在長台後面輕輕擦拭著最後一組廚具，那些廚具整齊有序地或懸掛，或擱置在流理臺上，閃著亮晶晶的光芒。

後廚在陳長亭的管理下一直這麼井然有序，就是一個外行看了都會被那種氣韻感染。

「你來了？」陳長亭似乎有些疲倦，見了唐思思淡淡地打了聲招呼。

唐思思有些手足無措道：「是……我是來和陳老師道別的。」

「哦，還是準備回去做闊太太了？」陳長亭眼睛都沒抬，像是很隨便地問了一句。

不知為什麼，唐思思忽然變得有些激動：「沒有，我只是因為一些突發事情不得不離開一段時間，我會堅持做菜的。」

陳長亭問：「你在我這兒打了這麼長時間的雜，我什麼都沒教你，後悔嗎？」

「不後悔，我已經學了很多東西。」

「比如？」

唐思思道：「我現在去買菜，菜販子見了我都皺眉，因為我會把最好的菜挑走——」

陳長亭終於笑了，衝唐思思招招手道：「到這來，我炒一道菜給你看。」

唐思思愣了一下，陳長亭已經打著爐火，在鍋底倒了薄薄一層油，淡黃色的油嗤嗤輕響，陳長亭閉起眼睛，緩緩道：「做菜，不光要用眼睛和鼻子，還要動用所有的感官，你聽，油會自己告訴你它什麼時候準備好了。」

唐思思學著陳長亭的樣子閉上眼，果然覺察到發自鍋底的細微差別，當油聲漸漸高亢時，陳長亭把一勺蟹黃鋪了上去，一股濃香撲鼻而來，他俐落地將一棵娃娃菜用菜刀一橫一掃，已把菜堆星屑不落地鏟起。

陳長亭目光炯炯道：「有時候它們也會欺騙你，就像兩軍作戰一樣，對方虛張聲勢的時候你不能急，要選擇最合適的時機出手！」

這麼一停的工夫，蟹香的強烈度淡了下去，陳長亭將菜划進鍋裡，鍋鏟一攪，千軍萬馬便在鍋裡廝殺起來，陳長亭左手把鍋端起，使它凌空在火焰上，右手不住攪拌道：

「廚師的七成功力在火候，你要讓你的菜吃火均勻，需要有強勁的腕力和觀察入微的定力，一道菜出鍋早晚不同，口味天上地下，別說半分十秒，就是一秒的失誤都是很致命的，這得你以後慢慢切身體會。」

他的左手穩穩端住鍋柄，架在火上極有規律地搖動，右手的鍋鏟就像指揮家手裡的指揮棒一樣，讓兩種菜彼此合宜地交匯、獨奏，接著用鏟尖從邊上挑起一些蒜蓉放入，廚房裡頓時瀰漫起一股濃香。

「每道菜都有適合自己的配料和調料，這就是每個廚師的風格差別了。」

陳長亭最後勾芡、收湯，將菜倒進盤子裡，金黃的蟹黃交纏著潔白翠綠的娃娃菜，在濃鬱的湯汁裡冒著熱氣，唐思思不禁使勁吞了吞口水。

「這道蟹黃娃娃菜送給你，嘗嘗吧。」

唐思思迫不及待地嘗了一口，那鮮香的滋味美妙得恨不得讓時間都停留在這一刻。

陳長亭擦著手道：「做菜無非是我說的這幾點，你以後要多練。」

唐思思這時才明白陳長亭這是在教自己做菜的終極奧義，就如同胡泰來臨走把黑虎拳的總綱留給了弟子們一樣，她眼睛一紅道：「師……陳老師，我該怎麼感謝你？」

陳長亭微笑道：「以後如果有人問起，你可以說是我的徒弟，千萬別給我丟人。」

「是！師父！」

陳長亭還想說什麼，但欲言又止，最終道：

「廚師這個行業是最被看輕的一個行業，所有人都覺得這行是個人就能幹，他們否認這一行有天賦的存在，但是我要說，沒天賦的人通過努力或許能成為一個廚師，但他一定當不了食神；而你是有天賦的，所以別忘了你的理想，你可是要當食神的美少女。」

唐思思噗嗤一樂，接著嘴一癟道：「師父，我更捨不得走了。」

陳長亭放下毛巾道：「走吧，我就不送你了。」

……

當唐思思走出義和樓的時候，王小軍和胡泰來的圍剿活動也進行到了尾聲。虎頭哥、豹頭哥和刀疤臉這時還站在那裡，手裡夾著菸，表情已經不再談笑自若了。

王小軍走到三人跟前，先把虎頭哥嘴上的菸屁拔下來扔了，然後問他：「你有什麼感想？」

虎頭哥眼中含著熱淚，忸怩道：「好害怕！」

「你倆呢？」王小軍又問豹頭哥和刀疤臉。

豹頭哥麻木地指指虎頭哥，表示自己感同身受。

刀疤臉義正詞嚴地說：「其實對這個結果我是有預感的，我今天本不想來的——」他嘆了口氣道，「說這些有什麼用呢，反正一切都晚了。」透著心灰意懶。

王小軍跟胡泰來商量：「你說咱倆還用象徵性地揍他們幾下嗎？」

胡泰來微笑道：「算了吧，殺人不過頭點地。」

王小軍點點頭，又問三個人：「以後還約嗎？」

虎頭哥這會兒終於緩過點勁來了，露出了那種黑社會大哥的暴戾狠辣之氣，咬牙道：「再約我是你養的！」

豹頭哥附和：「你養的，你養的！」

王小軍道：「還是那句話，以後有事直接找我，能做到嗎？」

三個人一起發狠地點頭，隨即又使勁搖頭，點頭是妥協，搖頭是表忠心。

「走吧。」王小軍朝唐思思招招手，三個人又勾肩搭背地出了街口，搭車直奔火車站。

虎頭哥目送著三個人離開，點了根菸吸了一口，悵然道：「我忽然有種虛惘的感覺，咱們在道上打打殺殺那麼多年，有意義嗎？」

豹頭哥也點上根菸道：「如果年輕的時候就遇著這倆人，我可能會選擇去當個律師或者醫生。」

……

經過一番折騰，王小軍他們總算順利地登上了開往成都的火車。

在座位上，王小軍摸著咕嚕咕嚕叫的肚子，拿起了唐思思給胡泰來準備的那袋吃的，他從裡面不斷翻出果凍、話梅、山楂片來，扔在一邊，最後捏著空空的袋子，看著一堆零食，無語道：「大小姐，你這裡硬是連盒泡麵也沒有啊！」

唐思思臉一紅道：「我買的都是我愛吃的嘛。」其實這一下午加一晚上鬧騰，她和胡泰來也都餓得夠嗆了。

唐思思喃喃道：「真該把師父炒的蟹黃娃娃菜帶上。」

王小軍舔著嘴唇道：「我們哥倆剛才在外邊打仗的時候，你居然在吃炒菜啊？」

唐思思翻個白眼道：「這不是重點好吧？」

「那重點是什麼？」

胡泰來驚喜道：「陳長亭答應收你為徒了？」

唐思思瞪王小軍：「你看看人家老胡！」

王小軍攤手道：「不管你是誰徒弟，你也沒買泡麵啊！」

火車向成都方向駛去，在經過一架高架橋時，一個人影輕盈地從橋上落在火車頂上，這人有著一張還算俊朗的臉，就是鷹鉤鼻有些煞風景，正是楚中石。

「王小軍，你以為這麼輕易就能甩脫我？沒那麼容易，最主要的，你還欠我兩張秘笈呢！」

他像所有夜行人那樣單膝跪在火車頂上，酷酷地說。

接著——火車鑽進山洞，楚中石急忙用狗啃屎的姿勢趴下，一個急轉彎之後，他身子被甩了出去，楚中石身在半空，一手搭在火車頂上，再使一個鷂子翻身，終於有驚無險地回到了上面。

火車裡一個五六歲的小女孩驚恐地指著窗外叫道：「媽媽，窗外掛著一個叔叔！」

孩子的母親往外看了一眼，鎮定地道：「別胡說，大家都睡覺呢。」

王小軍抓了一把果凍塞在小女孩的手裡笑嘻嘻道：「別怕，大哥哥送你好吃的。」

小女孩立刻叫道：「媽媽，有壞人想拐走我！」

孩子的媽媽很尷尬，道：「婷婷，媽媽說什麼來著——是不是只有媽媽不在你身邊的時候，有人給你的東西才不可以要，這個大哥哥看起來像壞人嗎？」

王小軍附和：「對啊，我像壞人嗎？」

小女孩看了王小軍一眼，馬上把果凍都放在桌子上，認真道：「反正我不要了！」

·第九章·

街霸秘笈

胡泰來翻開第二頁來，畫中小人背對著，兩條胳膊都使勁探在背後，先用右掌狠擊左手的手肘，隨即左臂揮出，那小人的左掌無限延長，直擊出兩三米的距離。

王小軍一愣：「這哪是什麼秘笈，就是個街霸愛好者的臨摹啊。」

在這個諸事塵埃落定的深夜，王宏祿開著警車，副駕駛座照例坐著小李，他們來到下午鐵掌幫和青城派劇鬥過的地方，車後座上還坐著一個人，三十多歲的年紀，梳個中分頭，穿著協警的制服，但大剌剌地誰也不鳥在閉目養神，赫然竟是鐵掌幫的棄徒齊飛。

小李看不慣齊飛的德行，小聲跟王宏祿嘀咕：「前幾天還在逃呢，如今就成了廳裡派下來的人了，是什麼部門來著？民什麼……總之就是閒得蛋疼！」

王宏祿沉著臉道：「注意你的措辭，另外，那個部門叫民間武術研究部。」

「王哥，你說有必要設立這麼個部門嗎？我們又不是老學究，研究什麼民間武術？我倒是聽說過香港警局有三合會調查科。」

齊飛忽然睜眼道：「性質是一樣的，以後凡是接到類似的報案我都會出面，你們還有什麼問題嗎？」

小李道：「我就想問你，加入到我們公安隊伍是你砸人車之前，還是之後？」

齊飛簡潔道：「我是被特招進來的，有什麼問題，你們可以直接諮詢上面，另外，汽車那件事我已經妥善處理了。」

小李扭頭道：「那些車上的印子真的是你用手掌按上去的？」

齊飛聳聳肩，一副無可奉告的樣子。

三個人剛一下車，瘦老闆就衝了出來，他拉著王宏祿的手不停搖晃道：「警察同志你們可算來了，我都嚇尿了，好幾個人就在我這門前幹仗啊，有男有女，還有一個從房頂上跳下來，你說他要摔個三長兩短的，我這生意以後還怎麼做啊？」

王宏祿皺眉道：「有人受傷嗎？」

「重傷的沒有，反正最後一個個都跑得挺利索的。」

齊飛道：「除了他們自己，還有別人受到傷害了嗎？」

瘦老闆指著自己的鼻子道：「我嚇得尿褲子了算嗎？」

齊飛微微一笑道：「好，我會記錄在案的。你報案的時候，說他們自稱鐵掌幫和青城派，你真的聽清楚了嗎？」

「沒錯，他們是這麼說過。」

小李不滿齊飛太過主動，插嘴道：「你這有監控錄影吧？調出來給我們看看。」

瘦老闆嘿然道：「大部分攝影鏡頭都是壞的，你也看見了，我這三天兩頭也沒個生意，根本維護不起。」

「去他們住過的房間看看。」

齊飛帶頭上了樓，在瘦老闆的指點下，他很快發現了那個被拍成一個洞的門鎖，齊飛把一根手指放在那個洞裡摸了摸，王宏祿很有經驗地在房間的地上找到了球形門鎖，下結論道：「用的是撞門錘！」

「不是。」齊飛觀察著那個洞周圍隱隱浮現的掌印道：「是用手掌拍的。」

王宏祿和小李馬上湊了過來。

王宏祿詫異道：「難道是鐵掌幫的人幹的？」

小李失笑道：「就是那個王小軍的幫派吧？我還記得他自稱是鐵掌幫的第四順位繼承人，而鐵掌幫裡一共只有五個人。」

齊飛若有所思道：「看這份掌力……基本可以排除王小軍和段青青了。嗯，他們的大師兄也不可能幹這種事。」

王宏祿道：「你的意思是他們的幫主幹的？」

齊飛搖頭：「如果是王東來，他根本不會管門上有沒有鎖，他只要推門進去就行了。」

「那是什麼意思？」小李忍不住問。

齊飛道：「比如一瓶可樂，你喝的時候會先擰開蓋子，而王東來會直接掰斷瓶口，就是這個道理。」

小李咋舌道：「民間真的有這樣的奇人？」

齊飛掃了他一眼道：「所以上面設立了我們『民武部』，這跟你們的經濟刑偵、網路刑偵是一樣的，科目分化越細，越有利於在擅長的領域內發揮作用。」

小李把插在口袋裡的礦泉水瓶遞向齊飛，挑釁道：「你先表演個掰瓶口給我看看。」

齊飛並沒有接，王宏祿道：「上面讓我們配合你工作，現在我們需要你拿個初步的方案，這件事你打算怎麼處理？」

齊飛道：「我們民武部的宗旨是：只要不影響到普通人的生活，我們儘量不過問。」

瘦老闆叫苦道：「那我的門找誰賠去？」

齊飛問他：「你還有別的損失嗎？」

「沒了。」

齊飛掏出兩百塊錢塞在他手裡道：「去換個新鎖吧。」

「要給你開發票之類的嗎？」

齊飛擺手。

瘦老闆把錢揣起來感動道：「你這樣的警察我還是頭一次見——以後出了事兒我就找你。」

……

出了大門，王宏祿道：「這事這就算了了？」

齊飛道：「又沒人受傷，發生衝突的雙方也沒人報案，民不舉官不究，你還想讓我怎麼樣？」

小李道：「你之所以給那個老闆賠錢，是因為你跟鐵掌幫有關係嗎？」

齊飛未置一詞，又到後座上閉目養神去了，等王宏祿開了車，他忽然道：「跟你倆挺投緣的，想沒想過跟我到民武部來工作？」

王宏祿失笑道：「你想讓我倆跟著你幹？」

齊飛道：「當然，論職務你還是我和小李的上司，也可以說你換專業到民武部，我和小李跟著你幹，如果這麼說能讓你舒服一點的話，咱們市民武部剛成立，我一個人實在是轉不開來。」

小李聽了吐嘈道：「感覺這部門讓你說得跟秘密組織似的，能比刑警隊刺激嗎？」

齊飛認真道：「比在刑警隊肯定是要刺激一點的，相應的也會很危險，你們考慮一下。」

這時王宏祿接了一個電話，他的表情也隨之變得很精彩，掛了電話之後，他總結電話內容道：

「接到群眾報案，說義和樓門口發生大規模械鬥，已經送醫院二十多個了，奇怪的是，所有受傷的人都是同一夥的，也就是說，把他們打成這樣的另一方一個也沒掛彩，訊問這些混混，他們也不肯說是誰幹的。」

齊飛琢磨片刻，拍拍椅背道：「那勞駕你，咱們去看看吧。」

這一切發生的時候，王靜湖緩緩走進了兩年未歸的鐵掌幫，月色傾瀉，照著熟悉又陌生的一切：青石磚、屏風、空空的兵器架，他從來都不是個愛唏噓的人，然而眼前的一切還是讓他有些惘然。

他沒有開燈，就那麼走到正廳裡坐下來，當他手撫桌案時，竟然摸起一張「三萬」，不禁啞然。

這時一個老者邁步走入，身形高大昂首闊步，黑暗中看不清他的臉，但也能感覺他不怒自威的氣勢。

「哪位？」王靜湖淡淡地問了一句。

「張庭雷。」

老者停下腳步，微微抬頭，有些意外道：「你居然回來了？」

「你不也回來了嗎？」王靜湖不帶任何情緒道：「張老爺子深夜到我鐵掌幫有何貴幹？」

張庭雷冷笑：「你兒子王小軍打了我虎鶴蛇形的人，這件事你知道了吧？」

「知道，就你那個侄子難道不該打嗎？」

張庭雷怒道：「要打也輪不上他打，我這剛到家就見門裡哀鴻遍野，你難道不該給我個交代？」

王靜湖依舊平淡道：「打了就打了，我們鐵掌幫打人什麼時候需要給別人交代了？」

張庭雷怒極反笑，他仰天打個哈哈道：「好！好霸道的鐵掌幫，那老夫也奉告你一句，從今天起，你最好別讓我看見王小軍，否則老夫做了什麼出格的事，也一定不會給你交代！」

「你敢！」

王靜湖手起掌落在桌上一拍，稍即，張庭雷腳下一步開外的青石磚「啪」的一聲炸裂，以張庭雷的修為，真的是泰山崩於頂而色不改，這時也悚然道：「隔山打牛氣？」

王靜湖沒有說話，兩個人隔著一道門和漆黑的夜色，沉默了許久。

「多年以前，我見你爹打出過這麼一掌，想不到你的境界竟也趕上他了！」張庭雷驚道。

王靜湖道：「我沒有趕上他，只是到了他多年前的境界而已。」

張庭雷片刻之間竟似蒼老了許多，苦笑道：「好，鐵掌幫人才濟濟，老夫改日改時再率弟子來拜訪，今日可不是怕你！」

這話說得委婉，也很決絕，率弟子來拜訪，並不是要以多欺少，是因為鐵掌幫可以不給虎鶴蛇形門一個交代，但張庭雷必須給弟子們一個交代，哪怕自知不敵，哪怕一輩子的名聲會毀於一旦，但這就是江湖人的宿命。

王靜湖道：「改日改時我未必還在幫中，也不是怕你。」

這話同樣很絕，我明知道打敗你會引起眾怒，但我還是會打敗你，不過我有事要忙，這個眾怒我暫且不犯，卻不是膽小怕事。

兩個人同時點點頭，沒有再說一句話，張庭雷邁步出去了。

張庭雷走後，王靜湖手按桌面微微喘息，揚聲道：「還有誰在那裡？」

一個四十多歲禿頂的中年胖子走進來，道：「師叔，你回來了？」

「是石璞啊——」王靜湖淡淡地說。

王石璞把院子裡的燈打開，隨即進屋開了正廳裡的燈，王靜湖端坐在那裡，他看上去只有五十歲上下的年紀，頭髮烏黑濃密地攏成背頭，中等身量但十分魁梧，除了微微隆起的小腹，怎麼看都是正當年。

王石璞終究還是有些激動，端端正正地躬身道：「師叔！」

王靜湖擺擺手道：「坐吧。」

王石璞依言坐在他的對面，小心地問了一聲：「師父他老人家還好嗎……」

王靜湖道：「不好，也沒有最壞。」

王石璞這才稍稍安心，沉默了片刻他終於問了出來：「你為什麼要廢小軍的武功？」

王靜湖忽然笑了，他向後攏了攏頭髮道：「你的武功長進了不少，換做以前，你是無法逼我使出本門掌法的。」

王石璞認真道：「師叔最終也沒有顯露本門的武功，我看得出我拼盡全力的最後幾招才讓你有了改拳換掌的念頭，不過你到底也沒有換——我是根據身材認出你來的。」

王靜湖大笑：「石璞啊，你還是那麼老實。」

他雖然在笑，但並沒有歡愉的味道，冷不丁收住笑容道，「你快告訴我王小軍現在去哪兒了?!」

王石璞狡黠地嘿嘿笑道：「這個……我也不知道啊。」

王靜湖厲聲喝道：「那你知不知道小軍現在已經走火入魔了？」

王石璞下意識道：「怎麼會？」

王靜湖道：「從他現在的掌力看，馬上就會突破鐵掌第三重境！」

王石璞嚇了一跳道：「可是……突破第二重境後就需得修煉內功配合，他怎麼可能……」

王靜湖道：「沒錯，突破第二重境後，要加練內功才有可能繼續前進，所以我們只要不把內功心法傳給青青，就不必擔心她以後受到反噬。我們鐵掌幫的武功就像一把大火，要想保持旺盛就得不斷添加柴火，而內功心法就是這把柴火，現在小軍身上的熊熊大火已經燒到了最旺的時候，沒有新的燃料添進去，最後結果會怎樣？」

「會繼續燒他本人？」王石璞悚然道。

「對，反噬會提早幾十年附著在他身上，我和他對了一掌，其中的剛烈霸道顯示他馬上會突破第三重境，但又根基虛浮，這是嚴重透支心血的徵兆，他每和人動手一次，病情就加重一分，如果我所料不錯的話，少則三個月，多則半年他勢必會虧透爆發，到時不死也是重殘。」

王石璞焦灼道：「怎麼會這樣呢？」

王靜湖道：「以他的根基，三天打完二十七萬掌突破第一重境，實在是幸運之至，也危險之至，這三天內只要稍有差池就會落下終身殘疾，沒想到這小子竟能不知不覺地扛過去。」

王石璞道：「可是這三天乃是我們人人都經歷過的呀。」

王靜湖道：「你十幾歲入幫，想想是勤學苦練多少年之後，我和你師父才同意讓你過第一重境的？而且那三天我們始終護持在你身邊。青青雖然愛要小聰明，但天生愛武，入幫三年來也沒有一天偷懶。你再想想小軍，他雖然自小就學了掌法，可是斷斷續續，稀稀落落，加起來滿打滿算能有三個月的練功時間就算不錯了，你們是厚積薄發，他是摸黑找亮，這其中的凶險實難言喻。」

「難道小軍還是個習武的天才？」

王靜湖道：「跟天才沒關係，壞就壞在那三個月上，要是從小不教他任何招式，他就算照著圖譜也絕無可能通過第一重境，歸根結底，還是你師父不顧我的反對，對他抱著萬一之想，教全了他三十招鐵掌。」

王石璞道：「那也沒道理會走火入魔啊？」

「他強行通過第一重境，又不知節制地到處和人動手，身體負荷嚴重超支，表面上看是越來越精強，實則慢慢耗乾了心血，我除了阻止他還能幹什麼呢？」

說到這，王靜湖有些淒涼，表情也黯然下去。

王石璞道：「如果我們現在傳授他內功心法呢？」

王靜湖嘆道：「他底子已傷，再練內功，最多是推遲一兩年爆發，到時只怕痛苦更勝今日。我和你師父這麼多年來致力於找出隱患，現在已經一致認定問題肯定不是出在第一二重境上，那麼必然是內功出了差錯，而且很可能從第三重境開始就埋下了病根，根據修煉的人的不同，它也未必會在第七重境才爆發出來。石璞啊，我說這麼多你都懂了嗎——以後鐵掌幫的武功，你也不要再練了！」

王石璞驚詫道：「師叔，難道你以第六重境也受到了反噬？」

王靜湖點點頭。

「那是什麼感覺？」

王靜湖一字一句道：「發作時痛苦不堪，生不如死。」

王石璞臉色鐵青道：「我師父他到底怎麼樣了？」

王靜湖道：「你師父發作的頻率遠比我高，暫時還沒有生命危險，不過不出意外的話，他是不能再出來見人了。」

王石璞深吸了一口氣，沮喪道：「那我們鐵掌幫……」

王靜湖淡淡道：「天要滅鐵掌幫，就由它去吧。」類似的話，王石璞對王小軍也說過，只是他沒料到真的會是這樣的結果。

兩個人默默地對坐了一會兒，王靜湖道：「你還是不肯告訴我小軍的下落嗎？」

王石璞支吾道：「廢了他的武功……這也太……」

王靜湖道：「他是我兒子我自然有分寸，我只會廢了他的鐵掌，只要不混跡江湖，他跟常人無異。」

王石璞猶豫了良久才艱難道：「聽青青說，他好像要去峨眉。」

「那你給我訂明天的機票吧。」王靜湖喃喃自語道：「小軍這孩子對自己比對別人狠，就算沒有這件事，我也不希望他涉足武林。」

末了，他深深嘆了口氣道：「江湖險惡啊！」

「茄子。」

「子茄。」

「大辣椒。」

「椒辣大。」

「我吃飽了。」

「了飽我吃。」

「哈哈哈哈，姐姐你又錯了。」

火車走了一夜，天一亮婷婷就醒了，並迅速和唐思思建立了友誼，這會兒兩人在玩正話反說的遊戲。

婷婷和媽媽都是本地人，母女倆這是要去成都看在那邊工作的爸爸。婷婷媽三十出頭，溫婉可親，帶了一大堆吃的喝的，王小軍他們跟著沾了不少光。

胡泰來靠窗坐著，右手藏在身側，臉色很不好。一天一夜之間，他手腕上的黑色又往上升了兩公分，疼痛會間歇性地發作，一旦發作起來非常難忍，但他硬是扛著不吃止痛藥，他得保持知覺來判斷傷勢。

唐思思憂慮地小聲問：「又開始了？」

胡泰來勉強笑著，搖搖頭表示沒事。

婷婷媽關切道：「你沒帶著藥嗎？」她只知道胡泰來似乎是得了一種慢性病。

婷婷仰起臉道：「胡叔叔，你讓壞人哥哥給你講個故事吧，我每次生病媽媽就會給我講故事，睡著了就不會痛了。」

從昨天夜裡，她就一直管王小軍叫壞人哥哥，婷婷媽阻止了幾次，無奈王小軍嘻嘻哈哈地接受了這個稱呼，一大一小玩得不亦樂乎，也只有放任不管了。

王小軍笑咪咪道：「壞人就壞人，起碼是哥哥——老胡，你想聽什麼故事？」

他們雖然有說有笑，但始終輕鬆不起來，誰也不知道前途會怎樣，就算上了峨眉，人家肯不肯教功夫、就算肯教又學不學得會？而且只有不到十天的時間，這一切都如一座座大山壓在幾個人心頭。

王小軍小聲對胡泰來道：「其實我覺得婷婷的辦法不錯，你現在就得把注意力放到別的事上，早知道給你帶幾本小書就好了。」

胡泰來無語道：「想吸引我的注意力還是跟我討論拳法有用吧？」

王小軍手一攤：「我不會拳法，掌法教你你也不願意學，況且我也不能教。」

胡泰來忽然靈機一動，從口袋裡把那本從余二床上撿的冊子拿了出來：「我這兒倒是有一本青城派的掌法，你有興趣的話，我可以跟你一起參詳參詳。」

說實話，王小軍沒什麼興趣，但胡泰來既然提出了要求，也只好咬牙答應，就像一個朋友失戀了要你去陪他喝酒，就算你酒量很差也義不容辭。

胡泰來伸手去翻第一頁，翻到一半忽然又合上，表情嚴肅道：「我們這樣偷窺別派武功不太好吧？」

王小軍不耐煩道：「你到底看不看？」

胡泰來這才鄭重地翻開第一頁，上面是一個小人半蹲著，一掌放在腰間，一掌拍出，手掌上下都有虛線，那表示攻擊路線，下面有簡單的文字標

注：此掌可虛可實。

王小軍噗嗤一聲，胡泰來問：「你笑什麼？」

「你看這個人像不像街頭霸王（編按：即日本知名格鬥電玩遊戲「快打旋風」，港陸譯為「街頭霸王」）裡的日本相撲手？這使的還是無影手啊！」王小軍有趣地說。

胡泰來也是一笑，但覺得不太尊重，趕緊又認真起來。

王小軍撇嘴道：「我看這根本不是什麼秘笈，估計是哪個青城派的弟子隨手畫著玩的，你看看這筆法，嘖嘖，比我都差遠了。」

確實，冊子上的小人畫法幼稚、線條拙劣，一看就是毫無功底的人畫的。

胡泰來翻開第二頁來，同一頁紙上有兩幅圖，而且非常怪異：畫中小人背對著，兩條胳膊都使勁探在背後，根據步驟，他先用右掌狠擊左手的手肘，隨即左臂揮出，配合腰腿上的動作就生成了第二幅圖——那小人的左掌無限延長，直擊出兩三米的距離。

王小軍一愣之後，頓足捶胸的笑：「這哪是什麼秘笈，就是個街霸愛好者的臨摹啊。」

胡泰來眉頭微皺道：「不對，如果是一個能靈活操控關節的高手，這幅圖上的效果確實是能達到的。」

「快看看下一頁還能解鎖出什麼新鮮東西？」王小軍催促道。

有了這個冊子，兩人倒真是不寂寞，冊子後面的圖大多都繼承了第二頁裡的風格──往往是起手式就很怪異彆扭，接著發展成為波詭雲譎的招式，如果不看結果，讓人憑空根據前圖猜想，十有八九不會猜中。

王小軍的樂趣就在於不斷吐槽，胡泰來眼光比他高出一大截，已看出裡面的掌法大部分是需要很精深的武學修為的，比如關節的運用、力量的掌控、時機的拿捏，雖然圖上沒畫敵人，但假想一下，如果真是和人臨陣對戰，這些招式一旦使出，無一不是能反敗為勝的絕招。

看到最後，胡泰來額頭汗下，由衷道：「想不到青城派一套入門的掌法就如此高深，咱們以後可不能坐井觀天。」

王小軍嗤了聲道：「有什麼用，余老二還不是被我大師兄打得毫無還手之力？」

胡泰來也有點納悶，他和青城派的人交手時，沒見對方使用過冊子上面的掌法，至於余二不用倒不用太費解，對陣王石璞這樣的高手，總體功力不行，招式再精妙也沒用。

婷婷玩膩了遊戲，自己抱著平板看卡通影片去了，唐思思得空道：

「小軍，老胡，我忽然想到一個問題——咱們從成都下車以後，然後再怎麼走？」

王小軍道：「峨眉山那麼大的旅遊景點，隨便就有去那兒的巴士吧？」

唐思思道：「傻瓜，峨眉山好去，可我們要找的是峨眉派啊。」

王小軍奇道：「峨眉派難道不在峨眉山上嗎？」

唐思思搖頭：「以前我就去過峨眉山，並沒見什麼峨眉派。」

王小軍小聲道：「你們唐門沒和峨眉的人打過交道嗎？」

唐思思道：「我爺爺很少和本地門派交往，就算有也不會告訴我。」

這時婷婷媽道：「你們要找的這個峨眉派是個宗教組織還是什麼？」

唐思思說話沒有特意避開，所以他們的對話婷婷媽也聽到了。

唐思思道：「呃，算是個宗教組織吧。」

婷婷媽熱心道：「我幫你們問問我老公吧。」

「姐夫是幹什麼的呀？」王小軍問。

「他是旅遊局的。」

婷婷媽問了一會兒皺著眉道：「峨眉山景區裡有幾所寺廟，不知哪一個是你們要找的？」

王小軍回憶劉老六的話，說道：「他們的掌門……呃，住持是個女的，最起碼應該是個尼姑庵吧？」

「哦，他說他再問問宗教局那邊。」

「謝謝姐。」王小軍崩潰道：「我們不會連峨眉派的大門都找不到吧？」

這馬上成為一個新的陰影浮現在他們心頭……

火車又經過一夜的行駛，將在早上九點一刻到達成都，臨近終點站，火車上的乘客已經所剩不多，乘務員也收回了被單、打掃過衛生，臥鋪車廂兩邊基本全空了。

火車停到了一個小站，婷婷媽看看時間，再過半個小時她們就要見到婷婷爸了，她和婷婷不禁都有點興奮。

而王小軍他們三個還在發懵——這一晚上他們查了不少地方，壓根就沒有峨眉派的說明。查峨眉山也全是旅遊景點介紹和周邊賓館住宿的資訊。

這時，從兩節車廂的連接口上來一個男人，身形高大得令人恐懼，眼中閃爍著粗暴的光芒，他從車廂口慢慢走過來，絲毫不加收斂惡狠狠的目光，就像一頭野獸在自己的地盤上搜尋獵物。

當他走到車廂中間，發現婷婷媽和婷婷只是一對孤兒寡母時，嘴角咧了咧，十分滿意地獰笑了一下，然後就「通」的一聲坐在婷婷媽的旁邊座位上。

這一舉動可說非常野蠻無禮，但婷婷媽並沒有在意，只是下意識地往一旁讓了讓。

野獸一樣的大漢打量了一眼對面，發現只有一個年輕人、一個右手打著繃帶的男人和一個漂亮女孩，便渾不在意地衝婷婷媽呲牙一笑：「你好啊，美女！」

婷婷媽皺了皺眉，沒有搭話。

王小軍碰了碰胡泰來，老胡這會兒也注意到了這個不速之客，但在不明狀況下也不好橫加干預，對方畢竟也沒做什麼，甚至不知道他和婷婷媽是不是認識。

然而就在這時，小站上風雲突變，無數荷槍實彈的員警、特警從四面八方衝了出來，那些剛下車的乘客一經排查後，立刻被隔離了出去，剛想上車的人則不由分說被拽回了候車大廳。

王小軍愕然道：「這是怎麼了，難道是虎頭哥和豹頭哥報警了？」

唐思思無語道：「你也太高看了自己和那倆人了吧？」

這時，火車廣播傳來播音員惶恐而克制的聲音：「各位乘客，本列車由於一些特殊原因將進行臨時檢查，請大家保持秩序下車……」

「嘩——」車上的人一聽這個頓時全炸了，爭先恐後地跑向車門。誰也不是傻子，一見那麼多特警就知道肯定是出大事了。

王小軍和胡泰來對視一眼，同時暗叫「壞了！」當他們要起身時，一切都已晚了！

那個大漢兇殘地把婷婷媽拉在一邊，把婷婷抓起來擋在胸前，他脖子上掛著一個削鉛筆的小刀，這時展開刀刃頂在婷婷頷下，露出黃牙道：「只要大家不反抗，我保證沒人會受傷，不然這麼漂亮的小妹妹可就要多一個口子了！」

婷婷媽大驚失色道：「你放開她——婷婷你別動！」原來婷婷一掙扎，險些把脖子撞在刀刃上。

大漢狂躁地一拍婷婷後背道：「別動！」婷婷哇的一聲哭了出來。

婷婷媽努力控制著情緒，慢慢從地上爬起來道：「你放開她，我來做你的人質。」

唐思思也道：「你綁我好了。」

大漢縮在下鋪的一角，把婷婷攏在膝頭，刀刃始終抵在婷婷的脖子上。

「大的我不要，一會兒跟警方談判完，帶小的方便行動！」

婷婷媽幾乎昏倒，兩眼通紅道：「她才五歲，你放了她吧！」

「少廢話！」大漢瞪眼對王小軍他們喝道：「你們怎麼還不跑？」

車上的人這會兒早跑光了，奇怪的是對面這三個人整整齊齊地坐成一排，居然一個跑的都沒有。

王小軍高舉雙手道：「我們都是你的人質！」說完他用肩膀頂了頂胡泰來，「手舉起來！」

胡泰來和唐思思聞言，都把手高高舉起。

雖然萬分危急，但這場景也是帶著說不出的滑稽可笑，婷婷忍不住笑了一下，接著又癟著嘴要哭。

·第十章·

峨眉掌門

王小軍他們抬頭望去，只見從峨眉大殿上走出兩排女弟子，一水的黑T恤，下穿黑色布裙，一樣背背雙劍，飄飄欲仙地走了下來，當中一人被籠罩在雲端的氤氳之中，看不清面目身形，想必就是峨眉派的掌門江輕霞了。

大漢以為是三個慫貨，輕蔑地指揮王小軍：「你！打開窗戶跟外面的警察說我要一輛車，必須是帶貼膜的。」

王小軍就坐在靠窗的位置，他剛要起身，大漢立刻警告他：「別耍花招啊！」

王小軍慢慢站起，故意裝作很費力的樣子才把窗子打開，外面頓時伸過來一排槍口，王小軍趕忙舉著手道：「別開槍！你們找的這位大哥要一輛車，帶貼膜的那種！」

一個頭髮花白的老員警道：「你是什麼人？」

王小軍道：「這你還看不出來？我是人質啊！」

老員警這時看清了車裡的狀況，從他的角度看，王小軍他們三個正對著他，而大漢挾持著婷婷背對著他躲在旮旯裡，婷婷的母親則是手足無措地站在走道。

老員警眉頭皺了幾下，他也不明白王小軍他們明明可以逃走為什麼甘願當人質，王小軍他們要跑掉的話，事情會簡單一些。對這種唯恐天下不亂只會害事的人，老員警向來沒有好感。

老員警道：「我要和魏東說話！」看來魏東是那大漢的名字。

魏東喝道：「沒啥可說的，我給你十分鐘時間準備──不，五分鐘！」

老員警道：「五分鐘太少，我還要和上級彙報！」

魏東道：「少裝模作樣，五分鐘以後見不到車，我就宰了這小丫頭！」

婷婷媽嘶聲道：「不要！」

老員警哼了聲道：「好，我儘量。」

王小軍臉上帶著諂媚的笑道：「魏老兄，你都幹什麼了呀，招來這麼多警察？」

魏東獰笑道：「也沒幹什麼，無非是搶了家銀行，手上有兩條人命而已。」

王小軍一驚一乍道：「太可怕了──」他用微不可辨的聲音道：「思思，這麼近的距離，你能做點什麼嗎？」

「我試試。」唐思思也用磨牙的聲音回答，她把手伸向桌子，魏東立刻警覺道：「你幹什麼？」

「我吃個話梅。」唐思思翻個白眼，從袋子裡抓出兩粒話梅，塞了一顆到嘴裡。

魏東揚起臉喊：「我的車呢？」

老員警道：「現在才過去一分鐘你喊什麼？」

魏東獰笑道：「別拖時間了，你們警察那一套我很清楚，這荒郊野外的，你們的狙擊手沒地方藏了，不知道該去哪兒堵我了吧——你們以為我選擇這個地方跟你們談判是瞎撞過來的嗎？」

老員警沉著臉不說話，看來魏東不但窮凶極惡而且陰險狡詐，他確實有著豐富的逃亡經驗，在這麼空曠的地方，狙擊手沒有制高點，開車四面八方都可以逃匿，而且他目前躲著的角落絕對安全，沒有人能衝進來。

魏東看到王小軍手上戴的貓爪長手套道：「你為什麼戴這玩意兒？」

「你猜！」王小軍嘿嘿一笑道。

魏東眼中閃爍著惡毒的光芒作嘔道：「不是娘炮就是變態！你給我把它們摘了！」

王小軍慢吞吞地把手套摘掉扔在桌子上：「你可別後悔哦。」

「我後悔什麼——我的車準備好了嗎？你們還有最後一分鐘！」魏東又嚷嚷起來。

趁他叫囂之際，唐思思擦了一把額頭上的汗水小聲道：「我準備好了，但是我只能保證暫時把他的刀打掉，然後就要看你們的了！」

魏東的刀是掛在脖子上的，也就是說暫時打掉是不管用的，最多兩三秒他就能再拿起來，胡泰來坐在走道邊，撲過去肯定來不及，而王小軍和魏東雖然是面對面，但中間隔著桌子，是無論如何也搆不著的距離。

「等一等……再讓我想想。」王小軍也出汗了。

婷婷媽在不住地哀求魏東放開女兒，魏東森然道：「你再囉嗦！我現在就殺了這丫頭！」

「小軍！」胡泰來突然叫了聲，王小軍愕然回頭，見胡泰來神色閃爍道：「你還記得街霸裡長臂那一招是怎麼使的嗎？」

「長臂？」王小軍一愣之後，馬上明白了。

魏東冷笑道：「這當口你們還有心思玩遊戲啊？」

王小軍慢慢站了起來，魏東立即警惕地道：「你幹什麼？」

王小軍沒有說話，把身子扭向窗口的方向，隨後把兩隻胳膊背在身後，伸了一個大大的懶腰，衝唐思思比了一個OK的手勢！

「嗖！」唐思思甩手將扣在手中許久的話梅射了出去！

「啪！」暗器擊中魏東拿刀的手背，小刀掉落，掛在了半空。

魏東勃然大怒地想重新把刀拿起，不自覺地身子前傾，露出一大截胸腹。與此同時，王小軍腦中呼嘯奔騰的全是那奇葩秘笈上第二頁的內容——他用右掌狠擊左肘，腳步同時向左擺動，配合腰間的動作，左臂暴漲，「呼」的一下打了出去。

「砰！」王小軍就像一口被遽然吹出去的煙，縹緲又奇幻地擊中了魏東的胸口，而對方毫無商量地被砸在車廂壁上，一聲不吭地昏過去。

王小軍撿起桌子上的手套戴上，瞅了一眼地上的魏東道：「我就說你要後悔吧？」

唐思思已經把婷婷抱起來交給媽媽，小女孩並沒有害怕得哭叫，而是好奇地回頭張望她的壞人哥哥，剛才的一切只在片刻之間，就像玩了一個短暫的遊戲。

車裡的一切，外面的人都懵然無知，他們只看到有人影晃動，卻看不到裡面的情形。王小軍把車窗抬起大聲道：「進來吧，解決了。」

「魏東呢？」老員警一時沒轉過彎兒來。

「被我制服了呀。」

「真的？」

王小軍聳聳肩：「我騙你幹啥？」

當老員警看到婷婷母女平安時，這才使勁一揮手，命令手下突擊。

特警們把魏東從地上拎起來的時候，他仍然處於昏迷不醒的狀態，有人在他軟塌塌的胸口摸了一把，得出結論道：「肋骨全斷了！」

經過半天的折騰，魏東奄奄一息地睜開了眼睛，當他看到王小軍時，露出無限驚恐的神色。

王小軍舉起手衝他晃了晃道：「後悔了嗎？」

「嘶——嘶——」魏東掙扎著往特警身後躲閃著，胸腔裡只有出的氣，沒了進的氣。

魏東被特警帶下去了。頭髮花白的老員警上了車，經過魏東身邊時往他胸口掃了一眼，隨即問：「人質沒有受到傷害吧？」

隨行的員警都尊稱他為「吳總」，有人簡短地向他彙報了經過，一邊衝王小軍指指點點。

吳總先來到婷婷母女身邊，逗弄了一下婷婷，發現小丫頭沒有受到太多的驚嚇，這才問起另外三個「人質」：「剛才是哪位出的手？」

王小軍舉手。

吳總認真地問：「你是怎麼做到的？」

本來他已經安排好名稱堵截路線，沒想到事件突然一個急轉彎。

王小軍如實道：「我練過三天武功。」

吳總點點頭：「原來還是位少俠。」

王小軍不好意思地擺手：「只少不俠，主要是懷著滿腔對惡勢力的憎惡和對正義的渴望！說得再通俗一點，就是年輕，有點力氣！」

吳總當然知道事情沒有那麼簡單，魏東並不是一般的犯罪分子，而是一個極端危險的慣犯，十幾歲就因為好勇鬥狠頻繁進出少管所，成年後參與的都是暴力刑事案，但每次都能僥倖逃過重刑，說明此人除了狠辣之外還很有心計。如果遇上的不是王小軍，還不知道要橫生出多少枝節，但對方既然不願多說，吳總也就不打算多問。

員警們開始處理善後工作，有個小員警客氣地跟王小軍他們說：「三位如果不趕時間的話，能不能跟我們回去做個調查？」

王小軍使勁擺手：「我們很桿時間！火車什麼時候才能開啊？」

「這……」小員警為難地看著吳總。

吳總示意他去忙別的，掏出一張名片遞給王小軍道：「那咱們就互留個電話，你們以後有什麼事需要我幫忙的，也可以找我，你幫了警方這麼大的忙，我們得好好謝謝你。」

名片上的姓名是吳峰，職位是╳╳市刑警隊大隊長。

「吳大隊幸會。」王小軍留了自己的電話，吳峰伸出手來道：「那就這樣，後會有期！」

王小軍躲閃著道：「嘿，不握了吧。」他可不想把老頭捏個三長兩短。

「握一下嘛！」吳峰飛快地撈起王小軍的手搖了搖。

就在這時，一個三十多歲的男人衝上車，焦急地喊了聲：「婷婷！」

婷婷立即張開手道：「爸爸！」

男人飛撲過來把婷婷抱在懷裡，婷婷媽也跑了上去，一家三口圍在一起又哭又笑，原來婷婷爸收到消息說女兒被歹徒挾持，失魂落魄地趕了過來，沒想到事情已經結束了。一家子經歷了大悲大喜之後，不由得感慨萬千。

唐思思忍不住問吳峰：「火車到底什麼時候才能出發啊？」

這一耽擱已經上午十點了，按原計劃，他們這會兒本該在去峨眉的路上了。

吳峰無奈道：「還得一會兒，你們很急嗎？」

唐思思道：「當然急！」

這時婷婷媽在丈夫肩膀上輕捶了一下道：「還不快來謝謝咱們的恩人？」

「恩人？」婷婷爸滿頭霧水。

婷婷媽指著王小軍道：「這是小軍……」

婷婷媽其實對女兒被救的整個過程都十分茫然，她那時六神無主，唐思思怎麼發射暗器、王小軍怎麼出手，她壓根視而不見，事後回憶起來，也明白這三個人之所以沒跑不是因為不害怕，而是想陪著自己母女，一時間感激的話都不知道該怎麼說。

婷婷爸走過來深鞠一躬道：「我該怎麼感謝你呢？」

「呃，不用了。」王小軍一個勁地搓手夾腿，眼看一上午就要過去了，他們卻連峨眉山的邊還沒看到。

婷婷媽一拍額頭道：「對了，小軍要找峨眉派，你幫他問到了沒有？」

婷婷爸攤手道：「我給宗教局的朋友打過電話了，他們沒聽說過什麼峨眉派呀！」

吳峰在一旁聽了道：「一般人所說的峨眉山是指大峨山，峨眉有四個峨，要找峨眉派，你們不妨去二峨看看。」

「你怎麼知道？」王小軍問。

吳峰淡淡道：「我們當警察的走的地方多，我也是隱約記得有這麼一個地方，找不到也不要怪我。」

王小軍小聲和唐思思還有胡泰來商量：「咱們要相信警察叔叔嗎？」

胡泰來道：「我信！反正我們也沒有頭緒！」

婷婷爸道：「我的車就在外面，如果你們決定去二峨山的話，我讓同事送你們去。」

「那再好沒有了。」王小軍也顧不上客氣了。

幾個人來到車站外，婷婷爸的同事正在車裡等著——婷婷爸聽說妻女出了事，慌得手也軟腳也軟，因而找了個同事送他來，這會兒正好給王小軍他們當司機。

王小軍他們便跟婷婷一家三口揮手道別，趕往峨眉前進。

此地距離峨眉山已經不遠，午飯時間剛過，婷婷爸的同事就告訴車裡人：他們現在到達的地方就是峨眉山市了。

唐思思算是半個本地人不覺怎樣，王小軍和胡泰來都是北方人，這會兒充分感受著異地風光。

車子來到峨眉山旅遊風景區，也就是大峨山，接下來，那同事可謂無所不用其極，開導航、諮詢朋友、問路人，磕磕絆絆才來到二峨山山腳下，眼看車是上不去了，同事開玩笑道：「祝你們順利找到峨眉派學成神功！」

三人步行而上，這是一個地勢逐漸升高的小村鎮，路兩邊都是老房子、農家大院，還有間小賣鋪和一間小診所。居民都帶著純樸的笑容。但他們顯然並不太歡迎外地人，尤其是當王小軍問他們知道不知道峨眉派時，他們不是說不知道，就是笑而不語。

就在王小軍有些絕望時，唐思思忽見從小賣鋪裡走出一個身穿牛仔褲黑T恤的女孩，她有一雙大長腿，最引人注目的是她背背雙劍，左手拎著一瓶可樂，右手提著一大袋飲料，鎮裡的居民們也都見怪不怪的樣子，有些人見了她還打聲招呼，女孩隨即點頭招手還禮，表情始終笑咪咪。

王小軍不等唐思思說什麼，一個箭步跑上前去道：「小姐，你是峨眉派的嗎？」

那女孩也就和唐思思差不多大的樣子，毫不遲疑道：「是啊。」

「那你能帶我們去峨眉派嗎？」

女孩打量了王小軍三人一眼，咯咯笑道：「你們是來參加考試的吧？」

王小軍忙道：「是的是的。」他想起劉老六的話，峨眉派現在正在廣收門徒，對方肯定是把他們當成來報名的弟子了。

「那就跟我走吧。」女孩在前面帶頭就走。

王小軍討好地想幫她提袋子，女孩手一抬道：「用不著。」

四個人離開小鎮，上了一條崎嶇不平的山路，女孩雙手都不得閒，但輕盈妙曼如履平地，王小軍他們氣喘吁吁地跟在後面，有時候路太難走，三個人還得互相幫扶。

女孩走走停停，回頭看三人遠遠地才到自己腳下，不禁嘻嘻一笑道：「看來你們都沒什麼功底啊。」

王小軍和胡泰來頓時深受刺激，竟被一個小女孩輕看，於是都憋著氣努力趕上，可前面的路越來越艱險，有些地方不用走，光看一眼就腿肚抽筋，再望腳下，他們已經到了深深的雲端，在這萬丈峭壁上，稍不留神就會死無葬身之地，想不到這峨眉之行開端就如此艱辛……

好在三個人都還年輕力壯，經過將近四十分鐘的痛苦攀爬，終於來到一個平臺上，臺上有塊山石刻著不起眼的三個字：峨眉派。

女孩等候多時，見三人總算上來了，便道：「兩位大哥就送到這裡吧。」

王小軍愕然道：「啥意思？」

女孩道：「你們不是送人考試嗎？現在到了山門，你們不走，難道也想進去考試不成？」

王小軍心裡直叫苦，合著這半天出生入死的絕地攀岩才到人家山門，竟被擋在門外。

王小軍不禁急道：「對啊，我們也要進去考試！」

女孩聽了他的話一愣，接著咯咯笑彎了腰，直起身子道：「我們峨眉派不收男的！」

王小軍聽完這句話，只覺一陣晴天霹靂，「小姐，我們可是坐了兩夜一天的火車才到這兒的！」

女孩甜甜笑道：「就算你是從美國來的，我們峨眉派也不收男的呀。」

胡泰來極力克制著失望的情緒道：「小軍，咱們還是另想辦法吧。」

「不對！」王小軍使勁一擺手，認真地問女孩，「不收男的，這是你們門派的規矩嗎？有明文規定嗎？」

如果真有這個規矩，劉老六一定會提前警告自己的。

果然，女孩嘴一撇道：「從我入派之後，就沒見過收男弟子，難不成我掌門師姐會為了你們兩個破例？」

王小軍頓時抓住了救命稻草：「所以收不收我們，你說了不算，我要親自去見你們掌門。」

女孩道：「掌門你是見不到的，這樣吧，你們先去見我三師姐，如果她同意收你們，你們就留下，否則就算是女的我們也不要。」

胡泰來道：「那就有勞姑娘帶路吧。」

過了山門之後再往上，路就好走了許多，雖然依然陡峭，但石階修建得十分規整，看來先前那段險路是特意為了防止人們亂闖。

幾個人再爬上一個平臺時，眼前霍然開朗！

就見前方是一個寬闊的廣場，廣場之後是鱗次櫛比的精舍，有序地排列在山體上，遠遠望去就像憑空而建，既雄奇又雅致，這些精舍之上，二峨山的穹頂便是峨眉派的大殿所在。

唐思思不禁捂著嘴巴驚嘆道：「好漂亮！」

領他們上山的女孩伸手一指：「要想通過入門考試，就去那邊排隊吧。」

三人這才發現廣場上排著長隊，隊伍裡全是年輕的女孩，廣場那頭則擺著一張桌子，三個身穿黑T恤的峨眉女弟子坐在桌子後邊，同樣是背著雙劍。

那帶路的女孩逕自走過去，把袋子裡的飲料分發給三個同門，一個嘻嘻笑道：「又辛苦郭雀兒為我們買水了。」

女孩回道：「沒良心，大熱天給你買水，連聲四師姐也不叫。」

原來這帶路的女孩竟是峨眉派的四師姐，看來那郭雀兒人緣很好，位次雖前，但派中弟子人人都愛和她開玩笑。最讓王小軍他們吃驚的是：她這番長途跋涉居然只是為了買幾瓶飲料……

王小軍帶著胡泰來和唐思思就要上前說話，隊伍最末尾的年輕女孩眼睛一瞪道：「排隊！」

王小軍納悶道：「排什麼隊？」

那女孩不客氣道：「廢話，你考試不排隊嗎？」

王小軍瞬間明白——隊伍裡的女孩全是想進峨眉派學習武功的人，在這裡排隊是等著被桌子後面的正式弟子面試。

看樣子桌子中間那名峨眉弟子就是三師姐，自始至終她還沒有說過話，郭雀兒上山後，她也只是點了點頭。

郭雀兒指著王小軍他們在她耳邊嘀咕了幾句，一旁的弟子聞言無不嬌笑，三師姐卻無動於衷，往這邊掃了一眼之後便不再理會，對隊伍最前面考試的女孩道：「下一個輪到你，自報家門吧。」

那女孩兒越眾來到空地上，朗聲道：「我叫陳佩若，是陳家溝陳老拳師舉薦來的。」

三師姐簡潔道：「打套拳看看。」

陳佩若拉開架勢，啪啪啪打了一套拳，動作十分俐落，只是銜接的地方有些生澀。

胡泰來小聲道：「這女孩天資不錯……」

「功底太薄，明年再來。」三師姐已經做出了評分。

陳佩若先有失望之色，但聽了後面幾個字似乎又頗為自豪，衝三師姐施了一禮，便下山去了。

「下一個。」三師姐邊上的弟子宣布。

她們一共三個人，相當於三個評審，但決定權還是在三師姐手裡，買水回來的郭雀兒就斜靠在後面，笑咪咪地看著王小軍和胡泰來，似乎在等著看一場好戲。

「我叫宋彬，是黃水鎮王老師舉薦來的。」

下一個應試者大聲介紹自己，看來前來考試的女孩都有一定根基、被各地方有名的武師推薦才過來的，所以王小軍他們冒冒失失地問本地人峨眉派在哪兒，人家不搭理他們，以為他們是慕名來獵奇的遊客。要不是有唐思思，峨眉老四肯定不會帶他們上山。

那宋彬說完話也打了一趟拳，這回連一旁觀看的峨眉弟子也是暗暗搖頭。

「再練練。」三師姐只說了三個字。宋彬滿臉通紅地下山去了。

胡泰來道：「峨眉派選拔弟子可真夠嚴的！」他私下忖度過，要是自己三個徒弟來應試的話，霹靂姐也只在中與不中之間，陳靜和藍毛必定會被淘汰。

「我叫李當歸，是神鞭洛老爺子的外孫女。」

接下來的應試者頗為自傲道，她甩手亮出一根九節鞭，啪的一抖將鞭子抖得筆直，帶著勁氣揮舞開來。

胡泰來振奮精神道：「這是真功夫！」

李當歸人轉鞭也轉，炫技一樣，虎虎生風的勢頭不知不覺地把其他應試者從原來排隊的地方排擠到了邊上，也正因為這份洋洋自得，她沒發現鞭尾已經掃到了三師姐的面前！

所有應試者都是一驚，包括胡泰來！

然而峨眉的幾個弟子卻都雲淡風輕地坐著，三師姐伸出指頭在李當歸鞭尾一點，她手中的九節鞭就像條死蛇一樣蔫蔫垂地，李當歸也知道自己闖禍了，低著頭站在那兒。

「你還是回去吧。」三師姐沒有發飆，也沒嘲諷，只是淡淡地說了句。眾人想到這跟她的名字「當歸」暗合，不禁莞爾。

李當歸咬了咬牙，收鞭便走。

三師姐又悠悠道：「就你目前這個心性，鞭子耍得再好十倍，我們也不要你。」

李當歸一驚，強自收斂下山去了。

「下一個。」

這位三師姐雖身在峨眉卻穩如泰山，面對一長溜的應試者既不焦躁也不著急，當真是悠然如座鐘，不動如大地。

王小軍卻是等不了了！他粗略數了數，排在前面的至少還有三十多個，而日頭已然偏西，再這麼一個一個等下去，恐怕今天什麼都幹不了了，胡泰來雖然嘴上不說，但看他表情手腕上的毒性又開始折磨他了！

王小軍幾次想找前面的那女孩打個商量，還沒等說話，就見對方一副柳眉倒豎杏眼圓睜的樣子，一來自己沒理，二來能在這個地方出現的女孩肯定沒有好惹的，只好悻悻作罷。

「我叫趙二丫……」

「我叫黃秀珍……」

「我叫毛鳳鳳……」

又等了幾個面試者的「才藝表演」，王小軍終於再也耐不住了，衝胡泰來一伸手道：「老胡，那張武協的帖子你還留著吧，給我！」

胡泰來一邊掏一邊忍痛道：「你幹什麼？」

王小軍舉起那張帖子，在前面那女孩可以殺人的眼神中衝郭雀兒揚了揚手。郭雀兒飄然過來，道：「你有什麼事？」

王小軍裝腔作勢地一晃帖子，隨即把它遞在郭雀兒手裡道：「你把這個給你們掌門師姐，就說鐵掌幫第四順位繼承人王小軍前來拜訪。」

郭雀兒一臉茫然道：「鐵掌幫？這是什麼帖子？」

王小軍道：「你把它給你三師姐看，她想必知道。」

郭雀兒猶豫了一會兒，這才依言去找三師姐，只見三師姐見了帖子霍然起身，一邊聽郭雀兒和她述說，一邊目光灼灼地盯著王小軍，隨即在郭雀兒耳邊囑咐了幾聲，郭雀兒聞言顧不上多說，像隻雀兒一樣掠向峨眉大殿。

王小軍知道自己這把算是賭對了——作為武協六大常委之一的峨眉派，派內一定是有人認識武協的帖子和知道鐵掌幫的。若非情勢逼人……他也不會出此下策。

三師姐示意考試暫停，親自走出桌子對王小軍道：「不知小王幫主到此，敝派怠慢了。」

王小軍志得意滿道：「不敢不敢，哈哈哈哈。」

三師姐恭謹道：「請小王幫主這邊稍坐歇息，我掌門師姐即刻便到。」

三師姐和王小軍寒暄了幾句，問道：「小王幫主怎麼得空來我峨眉？」

王小軍擺手道：「千萬別叫我小王幫主，喊我小軍就行了。」

王小軍看出三師姐對鐵掌幫是一知半解，光知道他是現任幫主的孫子，以為他遲早會繼承幫主之位，卻不瞭解鐵掌幫的內幕。他來峨眉的目的對三師姐說也白說，索性指著胡泰來道：「這位是黑虎門的胡泰來老胡。」

三師姐點頭致意道：「祁老爺子身體還康健吧？」

胡泰來拱手道：「多謝問候，我師父他老人家好得很。」

以前胡泰來以為師父從不與人結交，後來聽說武協以後，才發現師父是不與一般人結交，屬於圈子裡的高層人士。

王小軍又一指唐思思道：「這是唐思思，她……」

不等他說完，三師姐冷不丁接口道：「不會是唐門的大小姐唐思思吧？」

「就是她。」王小軍衝唐思思眨了下眼。

三師姐不帶任何感情道：「聽說唐大小姐前段時間離家出走，唐門的唐老爺子特地發函給我們峨眉派，說萬萬不可收留她。」

王小軍吃了一驚道：「果然薑還是老的辣，劉老六想到的辦法，你爺爺也想到了！」

唐思思老大不是滋味，躲在一邊鬱悶去了。

這時，那些排隊等著考試的女孩們忽然紛紛躁動，一起指著山上道：

「快看，掌門人出來了！」

王小軍他們抬頭望去，只見從峨眉大殿上走出兩排女弟子，一水的黑T恤，下穿黑色布裙，一樣背背雙劍，個個長髮及腰，飄飄欲仙地走了下來，當中一人被籠罩在雲端的氤氳之中，看不清面目，身形也若隱若現，想必就是峨眉派的掌門江輕霞了。

王小軍挺著脖子努力觀望，他聽劉老六說江輕霞是武林四大美女之一，這次當然得仔仔細細地看個真切！

當王小軍看清來人面目體態時，不禁大吃了一驚！

這位峨眉掌門的女弟子個個面目姣好身盈體輕，但她本人卻是個超過兩百斤的胖子！

王小軍心頭有萬千野獸奔過，但也得硬著頭皮上去打招呼。

這時三師姐搶先道：「二師姐！」她轉而向王小軍介紹道：「這是本派二師姐韓敏。」

原來不是掌門！王小軍暗叫一聲好險，一時不知道該怎麼和她打招呼，握手不合適，敬禮也不對，擁抱就更不行了。

好在韓敏看出王小軍有些局促，她像大姐姐招呼小弟弟一樣招招手道：「快跟我走，掌門師姐在等著你呢。」

韓敏回頭招呼三師姐和郭雀兒道：「冬卿和雀兒也隨我走，留下兩個師妹繼續考試。」

看來三師姐的名字叫冬卿，她囑咐了兩個師妹幾句，仍舊是不苟言笑地跟在後面。

一行人往大殿方向走，王小軍偷眼瞧兩邊的女弟子，見她們個個青春年少，這時她們也正偷偷打量著他們幾個，有人竊竊私語，掩口嬌笑，這些女弟子肩頭統一繡著雙劍，一兩個還看不出什麼，這麼多人聚在一起，便有一種飛騰的英氣。

他小聲跟胡泰來道：「感覺咱們像來到女子特種部隊了，還是久經歷史考驗、殺人如麻的那種！」

胡泰來無語道：「你少說幾句吧。」

請續看《這一代的武林》叁　致命對峙

這一代的武林 貳 街霸秘笈

作者：張小花
發行人：陳曉林
出版所：風雲時代出版股份有限公司
地址：10576台北市民生東路五段178號7樓之3
電話：(02) 2756-0949
傳真：(02) 2765-3799
執行主編：朱墨菲
美術設計：吳宗潔
行銷企劃：林安莉
業務總監：張瑋鳳

初版日期：2019年1月
版權授權：閱文集團
ISBN：978-986-352-662-9

風雲書網：http://www.eastbooks.com.tw
官方部落格：http://eastbooks.pixnet.net/blog
Facebook：http://www.facebook.com/h7560949
E-mail：h7560949@ms15.hinet.net
劃撥帳號：12043291
戶名：風雲時代出版股份有限公司

風雲發行所：33373桃園市龜山區公西村2鄰復興街304巷96號
電話：(03) 318-1378
傳真：(03) 318-1378
法律顧問：永然法律事務所 李永然律師
北辰著作權事務所 蕭雄淋律師

行政院新聞局局版台業字第3595號 營利事業統一編號22759935

定價：280元　特惠價：199元

國家圖書館出版品預行編目資料

這一代的武林 / 張小花著. -- 初版. -- 臺北市：風雲時代,2018.12-　冊；　公分

ISBN 978-986-352-662-9（第2冊；平裝）

857.7　　107018081